Croyden Manor 2

Hochzeit mit einem Duke - Eugenie

Kajsa Arnold

CROYDEN MANOR 2

EIN JA-WORT FÜR DEN MARQUIS - EUGENIE

KAJSA ARNOLD

Deutsche Erstausgabe

1. Auflage

Korrektorin: Das kleine Korrektorin

Ruth Pöß

Covergestaltung: Andrea Wölk

Unter Verwendung folgender Fotos:

© Kharchenko…irina7 by Getty Images

© ziggymaj by Getty Images

© silmen by Getty Images

Kaja Arnold c/o Tresjoli,

Lutherstr. 16, 46414 Rhede

www.kajsa-arnold.de

EUGENIE

PROLOG

November 1850
Croyden Manor/zwischen London
und Saint Albans

„Wie ich diesen verfluchten Schnee hasse!“, rief Grayson Brisbin, Duke of Croyden, aufgebracht und schüttelte die großen Flocken von seinem Umhang. Der Schnee fiel auf den Marmorboden der Halle von Croyden Manor, wo sich sofort eine Pfütze bildete.

„Kann das jemand aufwischen, damit niemand ausrutscht und sich ein Bein bricht?“ Seine schlechte Laune hallte durch das Haus und jeder war klug genug, so lange abzuwarten, bis er sich wieder in sein Arbeitszimmer verschanzte, wie seit Wochen.

Niemand wagte ihm zu widersprechen oder ihn in seine Schranken zu weisen, dass man so mit seinen Mitmenschen nicht umging. Celeste, die einzige Schwester, die das vielleicht gewagt hätte, lebte zwei Meilen entfernt mit ihrem

Ehemann auf Watford Hall. Bisher hatte niemand ihre Stelle als Hausherrin übernommen. Eigentlich wäre Eugenie an der Reihe, diesen Posten zu übernehmen, doch sie machte sich nichts aus Graysons Allüren. Sie wusste schließlich, was ihn quälte. Er war unglücklich verliebt und ließ dies an der ganzen Welt aus. Außerdem fehlte ihm Celeste, die mit ihrem sanften Gemüt, ihn immer wieder hatte beruhigen können. Er musste lernen, dass Celeste nicht mehr zu seiner Verfügung stand.

Eugenie schnappte sich ein Blatt Papier und verließ den Blauen Salon, wo sie eine Liste erstellt hatte, und klopfte an die Tür des Arbeitszimmers. Ohne auf eine Antwort zu warten, öffnete sie die Tür.

„Was?", schlug es ihr entgegen. Grayson stand vor dem Kamin um sich zu wärmen, ein Glas Brandy in der Hand.

„Störe ich dich?", fragte sie und ihrem Ton war anzumerken, dass es sie nicht im Geringsten interessierte, wenn dem so war.

„Macht das einen Unterschied? Gehst du wieder, wenn ich ja sage?"

Sie lachte hell auf. „Nein, und das weißt du auch. Ich habe hier etwas für dich." Sie hielt ihm ein Blatt Papier entgegen.

„Was ist das?"

„Die Liste meiner Wünsche zu meinem Geburtstag" erklärte sie lächelnd.

„Wann hast du Geburtstag?", fragte er überrascht, als wäre es ihm neu, dass man so etwas überhaupt feierte.

„In zwei Wochen."

„Lege sie auf meinen Schreibtisch, ich sehe sie mir später an."

„Damit sie in dem Wust von Papierkram untergeht? Nein, mein Lieber. Ich möchte, dass du sie dir sofort ansiehst."

„Was wünschst du dir? Ein Pony?“ Er grinste frech und trank einen Schluck.

„Seit wann sprichst du dem Alkohol so zu? Hat das vielleicht etwas mit…“

„Wage es nicht, ihren Namen auszusprechen“, unterbrach Grayson seine Schwester.

„Ich bin ja schon still. Wie wäre es, wenn wir einen Weihnachtsball zu Ehren meines einundzwanzigsten Geburtstags geben?“

„Mir ist nicht nach Feiern zumute“, brummte er.

„Dann bleib auf deinem Zimmer und verderbe uns anderen nicht den Spaß. Seit Celestes Hochzeit waren wir nicht mehr auf einem Ball. Es muss ja nichts Großes sein. Wie wäre es mit einer Soirée, mit musikalischer Untermalung?“

„Ich denke darüber nach“, gab er nach. Zu schnell. Es hörte sich eher an, als wollte er sie nur rasch wieder loswerden.

„Grayson, was ist los? Ich meine, ich bin nicht Celeste, aber du kannst auch mit mir sprechen, wenn dir was auf der Seele liegt.“

Sie hatten sich nie so nah gestanden wie er und Celeste, doch dies war ein Versuch, ein wenig Vertrauen aufzubauen, wenn auch etwas spät. Spät war nicht zu spät.

„Mir geht es gut“, sagte er und blickte ihr in die Augen, stellte einen Kontakt her. „Du musst dir um mich keine Sorgen machen, Eugenie. Wir werden eine Soirée geben, zum Anlass deines Geburtstags. Überlege schon mal, wen du alles einladen möchtest.“

Eugenie war nicht dumm und erkannte, dass dies der Versuch war, von seinem Befinden abzulenken, das war wohl auch Grayson klar.

„Danke, Grayson. Ich freue mich.“ Sie lächelte und verließ den Raum.

GRAYSON STAND der Sinn überhaupt nicht danach, ein Fest in seinem Haus zu geben, Menschen um sich zu haben, nicht, nachdem er heute die Nachricht in der Zeitung gelesen hatte.

Die Verlobungsanzeige.

Der ehrenwerte Peer Audley, Marquis of Goswins, gab bekannt, dass er sich mit Lady Mary Babington, Tochter des ehrenwerten Earl of Conteville, verlobt hatte.

Wie konnte sie ihm das antun? Wie konnte Mary das Celeste antun? Audley war eine Witzfigur. Er war gerade mal zwanzig, zwar ein Earl, aber Grayson hatte ihn als schlechten Verlierer kennengelernt. Sein Schwager, Driscoll Spencer, der Duke of Leeds, verheiratet mit seiner ältesten Schwester Celeste, hatte ihn darüber informiert, dass Audley sich in einer unverschämten Weise, Celeste gegenüber benommen hatte. Hätte Grayson davon eher erfahren, hätte er vermutlich Satisfaktion gefordert. Obwohl Duelle verboten waren, hätte ihn das nicht zurückgehalten. Dass Mary, die Frau, die angeblich ein Kind von ihm erwartete, nun einen anderen Mann heiraten würde, sah er als persönlichen Affront an. Sie wollte ihn dafür bestrafen, dass er nicht um ihre Hand angehalten hatte. Dabei hatte es danach ausgesehen. Doch dann war alles den Bach heruntergegangen. Er hatte Mary mit seinem Stallburschen Hadley im Pferdestall erwischt, als beide mit Stroh in den Haaren aus einer Pferdebox kamen, wobei er sich mittlerweile nicht mehr sicher war, ob er sich, der Situation geschuldet, nicht getäuscht hatte. Tat er Mary vielleicht unrecht? Trug sie möglicherweise doch sein Kind unter dem Herzen? Wenn es so war und Mary den Marquis of Goswins ehelichte, würde sein Kind niemals seinen Titel tagen können, vorausgesetzt, es würde ein Junge werden. Er fragte sich, ob Audley wusste, in welchem Umstand sich Mary befand. Hatte sie ihm von der Schwangerschaft erzählt oder es verschwiegen? War Audley bereit, ein anderes Kind als seines anzunehmen? Und vor allem blieb die Frage offen, wann und warum Audley ein Auge auf Mary geworfen hatte? Diese Frage musste Grayson klären, um Licht ins Dunkle zu bringen. Vielleicht konnte ihm Celeste weiterhelfen, sie war schließlich Marys beste Freundin seit Kindertagen, und würde bestimmt Bescheid wissen. Die Frage war nur, ob sie sich bereit erklären würde, ihm zu helfen. Immerhin war er nicht gerade freundlich mit Mary umgegangen und das kreidete Celeste ihm an. Das hatte sie ihm schon vor Wochen deutlich gemacht.

AM NÄCHSTEN TAG besuchte Grayson seine Schwester, die den Winter auf Watford Hall verbrachte, dem Landgut, das ihr Ehemann erworben hatte und das direkt an Croyden Manor grenzte. Es war lange her, dass er sie gesehen hatte, zuletzt bei ihrer Hochzeit mit Driscoll Spencer.

Issac, der Hausdiener auf Watford Hall, brachte ihn in den Salon und kurz darauf erschien Celeste, um ihn zu begrüßen. „Grayson! Wie schön, dich zu sehen. Geht es dir gut?“ Sie hauchte ihm einen Kuss auf die Wange.

„Ja, natürlich.“

„Ist mit den Mädchen alles in Ordnung?“

„Auch das. Warum glaubst du, dass etwas geschehen sein muss, nur weil ich dich besuche?“

„Du hast mich noch nie besucht, es ist etwas befremdlich für mich, aber ich freue mich.“

Die Tür öffnete sich und Issac brachte Tee und Gebäck.

„Danke, Issac. Legen Sie bitte noch etwas Holz auf.“

Der Hausdiener befeuerte den Kamin und zog sich dann diskret zurück, während Celeste Tee in beide Tassen füllte.

„Eugenie wünscht sich eine Soirée zu ihrem Geburtstag. Was hältst du von der Idee?“, platze Grayson mit der Bitte ihrer Schwester heraus.

„Das ist eine sehr schöne Idee. Findest du nicht?“

„Ich habe im Moment keine Lust auf ein Fest“, gab er zu.

Nachdenklich trank Celeste einen Schluck. „Dich beschäftigt doch etwas. So kenne ich dich gar nicht. Trägt vielleicht die Verlobungsanzeige des Marquis of Goswins daran schuld?“

Warum wusste Celeste immer so genau, wie es in ihm aussah? Als würde sie ihn besser kennen, als er sich selbst.

„Wie kann sie das tun? Wie kann Mary diesen … Jungen heiraten?“, platzte es aus ihm heraus.

„Nun, ich weiß es nicht. So jung ist Audley auch nicht, er ist nur ein Jahr jünger als Mary und trägt einen Titel, kommt aus einem ehrenwerten Haus.“

„Er macht den Eindruck, als wäre er noch nicht trocken hinter den Ohren.“ Grayson griff nach der Tasse und verschüttete beinah den Inhalt, so aufgebracht war er.

„Du kannst mir glauben, ich verstehe es auch nicht, was Mary dazu treibt. Was Audley damit bezweckt, liegt auf der Hand. Er will dir eins auswischen, weil du ihm eine Absage erteilt hast, als er um meine Hand anhalten wollte. Du hast ihn brüskiert und das trägt er dir nun nach. Deshalb hat er sich an Mary herangemacht, weil allgemein bekannt ist, dass sie dir am Herzen liegt.“

Grayson blickte seine Schwester an und überlegte seinen nächsten Satz gut, dann rang er sich durch, es auszusprechen. „Sie ist schwanger. Mary bekommt ein Kind.“

Düster zog Celeste ihre Augenbrauen zusammen. „Was? Nein, das kann nicht sein, das hätte Mary mir erzählt.“

„Es ist wahr, sie hat es mir persönlich mitgeteilt", versicherte Grayson.

Celeste brauchte einen Moment, bis ihr klar wurde, was er da gerade gesagt hatte. „Sie hat es dir gesagt? Das heißt, du bist der Vater des Kindes?" Ihre Stimme klang plötzlich schrill, was bei Celeste ein ungewohnter Ton war.

Grayson hielt es nicht mehr auf dem Sessel. Er erhob sich und lief einige Schritte durch den Salon. „Es sieht so aus, aber ich bin mir nicht sicher. Wer sagt, dass Mary nicht noch mit anderen Männern intim war? Vielleicht ist ja dieser Audley der Vater", rief er aufgebracht.

„Das glaubst du nicht wirklich. Hat Mary denn bestätigt, dass du der Vater bist?"

Er nickte.

„Du warst also mit ihr … intim?" Es war ihr anzusehen, wie peinlich ihr das Thema war.

„Ja, das war ich und nicht nur einmal", gab er resigniert zu.

Celeste atmete schwer. „Ich halte es für ausgeschlossen, dass Mary auch mit Audley im Bett war", gab sie offen zu. „Was schaust du so? Ich bin verheiratet und weiß, was zwischen einem Mann und einer Frau in einem Schlafgemach geschieht. Ich bin kein kleines Kind mehr. Du bist doch zu mir gekommen um herauszufinden, was da los ist oder nicht?"

Mit den Händen auf dem Rücken marschierte Grayson unaufhörlich hin und her. „Ich verstehe es einfach nicht. Warum dieser Kerl?"

„Es muss doch etwas geschehen sein, dass Mary zu diesem Schritt veranlasste. Was ist passiert, als sie dir erzählte, dass sie dein Kind erwartet."

Abrupt blieb Grayson stehen. Er starrte aus dem Fenster,

wo die Sonne schon wieder dabei war, unterzugehen. „Ich habe sie gefragt, ob sie sicher ist, dass ich der Vater bin."

„Nein!", rief Celeste erschrocken und sprang von dem Sofa auf. „Das hast du nicht getan. Weiß du denn nicht, wie das auf Mary gewirkt haben muss? Und du wunderst dich, dass sie einen anderen Mann heiraten will? Einen Rivalen?" Ihre Stimme überschlug sich fast und ihr Blick sprach Bände.

„Ja, ich weiß, dass ich es mir selbst zuzuschreiben habe. Ich glaube, ich habe einen Fehler begangen", gab er leise zu.

„Da kann ich dir nicht widersprechen, Bruder. Das hast du und ich weiß nicht, ob sich dieser Fehler revidieren lässt."

„Das will ich auch gar nicht", gab Grayson zu und er hörte sich wie ein trotziges Kind an. „Wenn Mary eine Marchioness werden will, werde ich sie nicht davon abhalten."

„Oh Grayson, irgendwann wirst du noch mal an deinem Stolz ersticken. Du willst dabei zusehen, wenn die Frau die du liebst, einen anderen heiratet?" Celeste schüttelte ungläubig den Kopf. „Das wirst du dein Leben lang bereuen, Grayson. Es wird der Tag kommen, da wirst du diesen Tag verfluchen, dass du zu blasiert warst, um mit ihr zu sprechen."

Grayson drehte seiner Schwester den Rücken zu. „Sie würde nicht mit mir sprechen wollen, da bin ich mir ganz sicher. In unserem letzten Gespräch hat sie mir das deutlich gemacht."

„Wann hast du denn mit Mary gesprochen?"

„An dem Tag, als du Driscoll geheiratet hast. Sie kam zu mir ins Arbeitszimmer und hat mich darüber informiert, dass ich Vater werde."

Celeste trat neben ihn, berührte seine Schulter. Sie war keine kleine Frau, so sprach er mit ihr auf Augenhöhe. „Was ist, wenn Mary einen Jungen zur Welt bringt. Dein Kind wird niemals deinen Titel erben können."

„Wer sagt, dass ich nicht auch eine Frau finde, die ich heiraten werde und die mir ein Kind schenkt, vielleicht sogar einen Jungen. Dann habe ich einen Erben." Er tat so, als wäre es das Einfachste der Welt.

„Weil ich sicher weiß, dass du Mary liebst. Ich halte dein Vorgehen für falsch, aber wie immer wirst du nicht auf mich hören. Ich bin ja nur eine Frau." Sie seufzte tief und setzte sich wieder auf das zierliche Sofa. „Ich denke, eine Geburtstagsparty für Eugenie ist eine sehr schöne Sache", erklärte sie und zeigte so, dass das Thema Mary für sie abgeschlossen war.

„Gut, dann werde ich das in die Wege leiten. Bestelle bitte deinem Mann Grüße von mir. Der Bau der Stallungen geht voran, auch wenn uns das Wetter im Wege steht."

„Vielen Dank, Grayson. Ich werde es Driscoll ausrichten. Wir sehen uns dann zu Eugenies Geburtstagsfeier." Es hörte sich an, als wollte sie noch etwas hinzufügen, doch sie blieb stumm.

KAPITEL 1

Anfang Dezember 1850
Croyden Manor/zwischen London
und Saint Albans

Eugenies Augen leuchteten, als sie das Samtsäckchen öffnete, das ihr Celeste überreichte.

„Mir hat Mutter damals mein erstes Collier geschenkt, als ich achtzehn Jahre alt wurde. Nun bist du an der Reihe. Jetzt ist es meine Aufgabe, dir als älteste Schwester dein erstes Collier zu schenken. Ich dachte mir, Rubine passen wunderbar zu deinem brünetten Haar."

Eugenie beförderte ein funkelndes Collier zutage und bekam den Mund nicht mehr zu. Staunend hielt sie es in die Höhe, damit ihre Schwestern genau sahen, was man ihr da geschenkt hatte.

„Na, als Duchess kannst du es dir ja auch leisten", murmelte Grayson und bekam einen Seitenhieb von

Georgina, die ihn strafend anblickte. „Sei nicht immer so ein geiziger Geselle“, flüsterte sie ihm zu.

Grayson hob die Schultern. „Einer muss ja das Geld zusammenhalten.“

„Du hast mehr als genug“, jetzt mischte sich auch noch Valentine, Georginas Zwillingsschwester ein. Sie waren zweieiige Zwillinge und sahen sich nur insoweit ähnlich, wie es unter Geschwistern üblich war.

„Die passenden Ohrringe findest du auch noch in dem Säckchen“, erklärte Driscoll, Duke of Leeds, und ihr Schwager.

Sie steckte ihre Hand erneut in das Säckchen und beförderte zwei Ohrringe in Tropfenform heraus. „Oh mein Gott, sie sehen wunderschön aus. Vielen, lieben Dank!“ Eugenie zog Celeste in ihre Arme und drückte sie ausgiebig. „Auch dir lieben Dank, Driscoll.“

Er verbeugte sich leicht. „Es ist uns eine Freude.“

„Wir sollten langsam hinuntergehen, die Gäste warten bereits“, drängte Grayson zum Aufbruch.

„Bitte helft mir, es umzulegen. Ich will den Schmuck heute Abend tragen.“ Eugenie hielt Celeste die Kette hin und sie trat hinter ihre Schwester, die mit heutigem Tag einundzwanzig Jahre alt war und fixierte den Verschluss. Die Ohrringe legte Eugenie selbst an, dann trat sie an den Spiegel.

„Du siehst so wunderschön aus“, gab Rosalie, die jüngste der Schwestern, zu.

Eugenie lächelte ihrem Spiegelbild entgegen. „Ja, und ich hoffe, dass es da unten einen Mann gibt, der das genauso sieht.“

LION TALBOT FÜHLTE SICH UNWOHL. Er sah sich die Menschen in dem Saal genau an und ihm wurde klar, dass er nicht einen einzigen kannte. Dafür musterten ihn die Leute umso genauer. Besonders die weiblichen Gäste. Lion wusste auch, woran es lag. Es war sein Gesicht. Ein äußerst auffälliges Gesicht. Ein schönes Gesicht, womit Gott ihn eher strafte als belohnte. Überall, wo er auftauchte, sorgte er für Aufsehen, weil die Frauen ihm verliebte Blicke zuwarfen, als hätte Amors Pfeil sie auf der Stelle getroffen. Er selbst verstand dieses Verhalten nicht. Lag es an seinen kantigen Zügen, den hohen Wangenknochen oder den wohlgeformten Lippen? Sein lockiges schwarzes Haar trug er kurzgeschnitten. Er war mit einer stattlichen Größe gesegnet, seine Haltung war gerade, wie man es ihm auf der Kadettenakademie beigebracht hatte. Vermutlich lag es an seinen auffallend grünen Augen, die, wenn das Sonnenlicht günstig stand, hell funkelten. Was auch immer es war, er konnte es nicht nachvollziehen und war froh, sobald er sich bewegte, dass die Damenwelt ihr Interesse an ihm verlor.

„Talbot! Da bist du ja. Ich habe dich gesucht." Driscoll Spencer legte ihm die Hand auf die Schulter.

„Kapitän!" Er nahm Haltung an.

„Hier bin ich nur noch Driscoll", erklärte er und drehte sich um. Hinter ihm standen eine ganze Reihe junger Frauen, eine schöner als die andere.

„Meine Damen, darf ich Ihnen meinen Freund, Lion Talbot, vorstellen? Er hat unter mir als 1. Offizier gedient, als ich noch zur See fuhr. Lion, Celeste kennst du ja bereits und das sind ihre Schwestern Georgina, Valentine und Rosalie. Ihr Bruder Grayson und hier ist das Geburtstagskind Eugenie."

Lion nickte allen zu und deutete eine Verbeugung an, nur Eugenie reichte er die Hand und gratulierte ihr zum Geburtstag. „Du bist wirklich gesegnet mit deiner Familie", erklärte Lion an Driscoll gewandt.

Grayson lachte. „Überdenken Sie noch einmal Ihre Worte, lieber Talbot, wenn Sie diesen Abend überstanden haben."

„Was führt Sie hierher, Mister Talbot?", fragte Eugenie neugierig.

„Oh, ich vergaß zu erklären. Lion ist seit Kurzem der Marquis of Egerton. Er versteht eine Menge von der Pferdezucht und wird Grayson und mir beratend zur Seite stehen."

„Wo werden Sie wohnen, Mylord?", fragte Eugenie und lächelte.

„Der Herzog war so freundlich, mich einzuladen, bis ich mich hier eingerichtet habe."

„Es ist so schön, wieder mal Leben im Haus zu haben. Die Wintermonate sind hier draußen doch etwas einsam", erklärte Celeste.

„Seit wann ist es dir auf dem Land zu still?", fragte Georgina verblüfft.

Rosalie lachte. „Seit sie mit Driscoll verheiratet ist, kann es ihr nicht wild genug zugehen."

Alle lachten und Celestes Wangen färbten sich rot. „Was ihr immer habt. Man kann doch seine Meinung ändern", sagte sie beleidigt und sah sich suchend um. „Wann beginnt das Konzert?", fragte sie, um von sich abzulenken.

„Die Pianistin hat leider abgesagt, weil sie sich erkältet hat", meinte Eugenie enttäuscht.

„Aber dann kann doch Valentine einspringen, sie spielt bestimmt genauso gut, wie es die Pianistin getan hätte." Celeste sah ihre Schwester auffordernd an, die nur die Schultern hob.

„Wenn ihr darauf besteht. Ich habe aber kein besonderes Stück geprobt", gab sie zu.

„Dann entscheide dich für etwas, was du magst. Du

weißt, mir gefällt alles, was du spielst." Eugenie sah sie bittend an.

„Gut, ich werde John bitten, die Tür zum Salon zu öffnen." Das Pianoforte stand im angrenzenden Raum und wenn man die Türen öffnete, wäre ihr Spiel gut zu hören.

„Oh danke, Valentine! Du bist die Beste." Eugenie zog sie in eine Umarmung.

„Kommen Sie, Talbot, lassen Sie uns einige der Stühle für die Damen bereitstellen", sagte Grayson und die Männer machten sich auf den Weg, alles vorzubereiten. Zögerlich setzte Lion sich in Bewegung, weil er wusste, was nun kam. Die Frauen würden ihm nachstarren und bemerken, dass er nicht mehr der Mann war, der er früher einmal gewesen war. Für wenige Minuten hatte er die Aufmerksamkeit von Eugenie Brisbin genossen. Sie war die schönste Frau, die ihm bisher untergekommen war. Sie war jung, selbstbewusst und einfach entzückend. Von Driscoll wusste er, dass sie einen Ehemann suchte, doch er kam dafür nicht infrage, auch wenn er einen Titel trug. Sie würde vermutlich eher einem einfachen Mann ihre Hand geben, als ihn überhaupt in Betracht zu ziehen.

EUGENIE BLICKTE DEN MÄNNERN HINTERHER, die ein paar Stühle bereitstellten, damit die Damen es bequem hatten. Mit Verwunderung bemerkte sie, dass Lion Talbot leicht das rechte Bein nachzog. Nicht besonders auffällig, aber es sah danach aus, dass er lädiert war.

„Ist Lord Egerton verletzt?", fragte sie leise an Celeste gewandt.

Diese nickte traurig. „Er hat bei einer Seeschlacht eine bleibende Verletzung davongetragen. Sein Bein wird für immer steif bleiben. Er kann von Glück sagen, dass er nicht daran gestorben ist. Aber wie du siehst, kommt er sehr gut damit zurecht."

Eugenie nickte.

„Findest du nicht, dass er außerordentlich gut aussieht?" Celeste sah sie herausfordernd an.

„Das ist wohl unbestritten. Aber ich hoffe nicht, dass du ihn für mich als Ehemann ins Auge gefasst hast."

„Aber warum denn nicht?"

Eugenie lachte bitter auf. „Celeste, ich bitte dich. Er ist behindert." Sie blickte zu dem Mann, der mitten im Raum stand, einen Stuhl in der Hand und aussah, als hätte er ihre Worte verstanden, dabei hatte Eugenie sie nur geflüstert.

„Eugenie!", meinte Celeste entrüstet, „er ist vielleicht ein wenig eingeschränkt, aber behindert würde ich es nicht nennen."

Talbot fixierte Eugenie dermaßen, dass ihr klar war, er wusste, worüber sie gesprochen hatten, und es war ihr peinlich.

„Wenn das nicht das Geburtstagskind ist." Erschrocken wandten sich Eugenie und Celeste um. Hinter ihnen standen Peer Audley, der Marquis of Goswins und an seinem Arm Mary Babington.

Für eine Sekunde verlor Celeste ihre Fassung, doch sofort hatte sie sich wieder im Griff, wie Eugenie bemerkte. Sie hatte keine Ahnung, wer die beiden eingeladen hatte, es konnte eigentlich nur Celeste gewesen sein, denn Mary war ihre beste Freundin. Seit der Bekanntgabe ihrer Verlobung waren die beiden das Gesprächsthema in ganz London und Umgebung.

„Eugenie, wie schön du aussiehst." Mary küsste sie auf beide Wangen und begrüßte auch Celeste. Audley hingegen nickte den beiden Damen nur zu. „Wir haben dein Geschenk auf dem Gabentisch abgestellt, lieben Dank für die Einladung."

„Vielen, lieben Dank. Wollen wir uns nicht setzen, Valentine wird gleich etwas auf dem Pianoforte für uns spielen. So sichern wir uns die besten Plätze", schlug Eugenie vor.

Sie begaben sich Richtung Salon. Auf dem Weg dorthin begrüßte Eugenie immer wieder neue Gäste. Nachbarn aus der Umgebung und Freunde, die aus London extra angereist waren und über Nacht bleiben würden. Insgesamt waren es um die fünfzig Leute, einige davon Söhne und Junggesellen, die ebenfalls auf der Suche nach einer guten Partie waren. Allerdings war es gar nicht so einfach, mit jemandem ins Gespräch zu kommen, denn Grayson hatte ein Auge auf Eugenie, damit sie nur nicht an den falschen Mann geriet. Er benahm sich schlimmer als ein Vater, der auf seine einzige Tochter achtete.

Als Grayson jedoch Mary erblickte, erstarrte er zur Salzsäule. Als würde ihr Anblick ihm einen riesigen Schreck einjagen.

„Lord Goswins, Lady Babington", begrüßte er die neuen Gäste und verbeugte sich.

„Euer Gnaden, Danke für die Einladung." Peer Audley blickte ihn siegessicher an, so, als hätte er nicht nur die Schlacht, sondern gleich den ganzen Krieg gewonnen.

Grayson war zu sehr Gentleman, um sich etwas anmerken zu lassen, das wusste Eugenie. Sie lächelte ihrem Bruder aufmunternd zu. Aus dem Augenwinkel sah sie, wie jemand durch die Seitentür in den Flur entschwand.

„Bitte setzt euch doch, ich bin sofort zurück", erklärte sie und lief ebenfalls auf den Flur hinaus.

„Wo willst du denn hin?", rief Grayson hinter ihr her, doch sie war schon durch die Tür geschlüpft.

Am Eingang sah sie, wie Lion Talbot auf seinen Hut und Umhang wartete.

„Lord Egerton! Sie gehen schon?“, rief sie ihm zu und lief mit großen Schritten hinter ihm her.

„Ja, es ist wohl besser so“, sagte er, ohne sie direkt anzusehen.

John reichte ihm seine Sachen.

„Aber warum denn? Gefällt es Ihnen bei uns nicht? Das dürfen Sie mir nicht antun, ich habe heute doch Geburtstag.“ Sie zog einen Schmollmund, merkte aber im gleichen Augenblick, dass sie damit nicht weit kam.

Lion sah sie abschätzend an. „Ich denke, es ist besser, wenn der Behinderte Ihr Fest verlässt.“

Für einen Moment verlor sie die Fassung. Schaute beschämt zu Boden. Er wusste, was sie gesagt hatte. Die Frage war nur woher? Er hatte sie aus der Entfernung unmöglich hören können. So ein feines Gehör hatte niemand. Mutig blickte sie zu ihm auf.

Er grinste wissend. „Meine Mutter war gehörlos und ich verfüge über die Fähigkeit des Lippenlesens. Es tut mir leid, Sie so hinters Licht geführt zu haben, aber manchmal ist es sehr hilfreich, wenn man weiß, was die Mitmenschen so über einen denken. Ich wünsche Ihnen noch einen schönen Abend und empfehle mich, Mylady.“

Eugenie starrte ihm hinterher und als John die Tür schließen wollte, durch die der Schnee hereinwehte, hielt sie ihn auf und rannte in die Nacht hinaus.

„Lord Egerton! Bitte warten Sie.“ Sie lief hinter ihm her und rutschte beinah auf den eisglatten Stufen aus.

„Lady Brisbin! Bitte gehen Sie sofort wieder ins Haus. Sie holen sich hier draußen den Tod.“ Sie trug trotz der Kälte nur ein Winterkleid, dessen Stoff viel zu dünn schien. Lion kam zurück und fing sie auf, bevor Eugenie auf dem Boden landete.

„Bitte, bleiben Sie doch. Es tut mir sehr leid, was ich gesagt habe. Ich habe es nicht so gemeint. Was glauben Sie, was passiert wäre, wenn ich zugegeben hätte, dass ich … meine Schwestern wollen mir unbedingt einen Ehemann aussuchen, dabei will ich das alleine tun. Es ist sehr kompliziert“, gab sie zu.

„Ich bin doch wohl weiß Gott kein Ehemann für Sie, Lady Brisbin“, er lachte freundlos auf.

„Bitte, nennen Sie mich Eugenie, tun Sie mir den Gefallen.“ Sie blickte ihn von unten herauf an, einem Blick, dem noch kein Mann widerstehen konnte.

Doch Talbot sah sie nur stumm an.

„Bitte nehmen Sie meine Entschuldigung an, wenigstens das.“ Sie begann zu zittern und ihre kleinen Zähne schlugen aufeinander.

„Gehen Sie zurück ins Haus, Lady Eugenie. Es ist viel zu kalt und Sie lassen ihre Gäste warten.“ Er schob sie vorsichtig zurück Richtung Eingang.

„Ich will Sie aber nicht so gehenlassen.“

„Machen Sie sich um mich keine Sorgen, man erwartet mich bereits“, erklärte er ernst.

„Oh, dann sind Sie … nun, dann wünsche ich Ihnen noch einen schönen Abend“, enttäuscht wandte Eugenie sich ab und drehte sich an der Tür noch einmal um. Talbot war auf sein Pferd gestiegen und sie winkte ihm zu.

Er hob grüßend die Hand und ritt langsam davon.

Mit einem tiefen Seufzer ging Eugenie zurück in den Ballsaal, wo sie das Spiel von Valentine schon vom weiten hörte und immer wieder erstaunt darüber war, wie perfekt ihre Schwester das Pianoforte beherrschte. Sie wünschte, sie hätte eine Fähigkeit, die Lion Talbot beeindrucken könnte.

KAPITEL 2

Anfang Dezember 1850
Croyden Manor/zwischen London
und Saint Albans

Es war für Grayson ein Schock, als plötzlich Mary vor ihm stand. Er hatte sich zusammenreißen müssen, als er sie am Arm von Audley sah. Das konnte einfach nicht wahr sein. Wie hatte sie dessen Werben nur nachgeben können?

Nun sah er, wie sie allein den Raum verließ, während Audley in einem Gespräch mit seinem zukünftigen Schwiegervater, Lord Conteville, vertieft war. Ohne lange darüber nachzudenken, folgte Grayson Mary hinaus auf den Flur. Auf der Höhe des Blauen Salons packte er ihren Arm und zog sie in den Raum, der nur durch den Kamin beleuchtet wurde.

„Was soll das?", zischte Mary ihm zu.

Er schloss die Tür und drehte den Knauf, sodass man sie von außen nicht öffnen konnte.

„Ich muss mit dir sprechen.“ Grayson sah auf sie hinunter und hätte ihr am liebsten den Hals umgedreht.

„Wie kannst du nur den Antrag dieses Mannes annehmen?“, fragte er und spie jedes Wort aus.

„Ich wüsste nicht, was Sie das angeht, Euer Gnaden.“

„Lass das Getue. Wenn ich der Vater deines Kindes bin, werde ich zu meiner Verantwortung stehen.“

Mary lachte freudlos auf. „Dafür ist es nun leider zu spät. Du hattest genug Zeit, dich dazu zu bekennen, nun habe ich Audley meine Hand versprochen und ich werde nicht wortbrüchig werden. Es tut mir leid, Grayson, du kommst zu spät.“

Genervt fuhr sich Grayson durch sein Haar. Das konnte doch nicht wahr sein. „Mary, Audley hat nur um deine Hand angehalten, um mir eines auszuwischen. Ich habe ihm verboten, um Celestes Hand zu werben, das hat er mir übel genommen und nun will er sich an mir rächen, indem er dich heiratet. Du wirst benutzt und das lasse ich nicht zu.“

Mary zupfte unsicher an ihren Handschuhen, die bis zu den Ellenbogen reichten. „Nun Grayson, das ist deine Meinung, aber alles dreht sich nicht immer nur um dich. Ich habe Peer Audley als einen sehr freundlichen und höflichen Mann kennengelernt. Er ist ein wenig jung, aber je älter man wird, umso mehr verschwimmen die Grenzen zwischen Jung und Alt. Ich werde seine Frau, ob es dir gefällt oder nicht.“

Grayson konnte nicht glauben, was sie da von sich gab. „Gut, dann werde ich ihm von dem Kind erzählen das du erwartest. Wenn er erst einmal hört, dass du keine Jungfrau mehr bist, wird er schneller die Verlobung lösen, als du seinen Namen aussprechen kannst.“

Mary lachte hart auf. „Das würdest du tun? Mich

dermaßen zu kompromittieren? Das hätte ich wirklich nicht von dir erwartet, Grayson. Ich habe dich bisher immer für einen Ehrenmann gehalten, doch wie ich sehe, muss ich meine Meinung revidieren. Und zu deiner Information: Peer weiß, dass ich ein Kind erwarte. Er weiß nicht, dass es dein Kind ist, aber es macht ihm nichts aus, dieses Kind als seines anzuerkennen. Und ich bitte dich, dass du mich jetzt gehen lässt. Ich kann nur hoffen, dass uns niemand gesehen hat."

Sprachlos blickte Grayson auf die Frau, die ihm mehr als alles andere auf der Welt bedeutete. „Mary, ich bitte dich. Du darfst diesen Mann nicht heiraten."

„Warum nicht? Sag mir einen vernünftigen Grund", erwiderte sie leise und blickte zu ihm auf.

„Weil ich dich … beschützen will. Du wirst in dein Unglück rennen."

„Weil du was?", hakte sie nach.

Sie wollte es also hören, doch er war nicht in der Lage es aussprechen. Diese drei wichtigen Worte, die Mary von ihm hören wollte. *Ich liebe dich* – das war etwas, was ihm nicht über die Lippen kommen wollte.

„Es tut mir leid, Grayson. Ich werde mir diese Chance nicht entgehen lassen, nur um auf etwas zu warten, das nie eintreffen wird. Peer Audley ist die Chance für mich, ein angesehenes Mitglied der Gesellschaft zu werden, obwohl ich ungewollt schwanger geworden bin. Ehrlich gesagt, habe ich das von dir erwartet, aber man kann in keinen Menschen etwas hineininterpretieren, was er nicht ist. Ich wünsche dir, dass du auch irgendwann dein Glück findest. Ich habe meines gefunden."

Sie wandte sich zur Tür.

„Dann geh und lauf in dein Unglück, Mary. Ich werde dir ganz bestimmt nicht helfen können. Audley ist ein Teufel und irgendwann wirst du es erkennen und dich an meine Worte erinnern, doch dann wird es zu spät sein." Seine Worte sprühten vor Zorn, er konnte sich einfach nicht beherrschen.

Mary blickte ihn über die Schulter hinweg an. „Weißt du Grayson, es war für mich schon zu spät, als ich zu dir ins Bett gestiegen bin." Damit entriegelte sie die Tür und trat auf den Flur hinaus, ohne sich noch einmal umzudrehen.

„Wo WARST du denn so lange?", raunte Celeste ihrer Schwester zu, die das kleine Konzert von Valentine fast vollständig verpasst hatte.

„Ich habe Lord Egerton verabschiedet, er wollte plötzlich gehen", gab Eugenie zu. „Warum hast du mir nicht gesagt, dass er verheiratet ist."

„Talbot? Nein, er ist nicht verheiratet … Er ist Witwer. Seine Frau starb vor einigen Jahren an der Schwindsucht. Er sorgt nun allein für Edith."

„Edith? Wer ist denn Edith?"

Celeste atmete langsam aus und zog Eugenie zur Seite, damit niemand ihr Gespräch belauschen konnte. „Edith ist seine fünf Jahre alte Tochter. Er wohnt zurzeit bei uns in dem kleinen Haus, das in der Nähe der Stallungen steht."

„Das kleine Haus? Es ist wohl kaum ein Wohnsitz für einen Marquis." Eugenie rümpfte die Nase.

„Oh Eugenie, wann wirst du endlich aufhören, immer auf alles und jeden herunterzublicken? Talbot ist zwar ein Marquis, aber er ist nicht wohlhabend. Er hat einige Jahre unter Driscoll als Offizier gedient. Vermutlich hat er den Titel geerbt, aber nur den Titel, mehr nicht. Er muss allein für ein kleines Kind sorgen und wird für Grayson und Driscoll arbeiten. Ehrliche Arbeit hat noch niemandem geschadet."

„Du glaubst aber nicht, dass ich so einen Mann heiraten würde?" Eugenie blickte sie besorgt an.

„Nein, meine Kleine, du wirst vermutlich einen Prinzen ehelichen, das dürfte für dich fein genug sein." Celeste schüttelte den Kopf.

„Was du immer redest. Willst du denn nicht, dass ich einen Mann heirate, der mir ein gutes Leben bieten kann?"

„Ich will vor allem, dass du einen Mann heiratest, der dich liebt, so wie du bist. Nicht weil du eine große Mitgift mitbringst oder du einer Familie mit den besten Verbindungen entstammst. Es gibt viele Gründe, warum ein Mann um die Hand einer Frau anhält, aber nur einer ist der richtige."

Eugenie sah Mary zurück in den Saal kommen und ihre Wange waren gerötet. Sie sah aus, als wäre sie vor jemanden auf der Flucht. Neugierig sah Eugenie sich um, konnte aber Grayson nicht finden, während Peer Audley mit einem Teller in der Hand bei seinen zukünftigen Schwiegereltern stand, sich Canapés in den Mund schob und sich prächtig zu unterhalten schien.

„Hattest du schon Gelegenheit, mit Mary zu sprechen? Sie sieht ein wenig aufgewühlt aus", bemerkte Eugenie und nickte in ihre Richtung.

„Nein, aber ich glaube, das werde ich jetzt nachholen." Celeste lächelte Eugenie an und lief Mary entgegen.

MARY SAH ihre Freundin auf sich zukommen und im ersten Augenblick dachte sie an Flucht. Doch sie riss sich zusammen. Sie konnte nicht flüchten, vor nichts in ihrem Leben, das so schieflief, wie nur irgendwie möglich. Sie wollte weder schwanger sein, noch einen Mann heiraten, der den Verstand eines Fünfzehnjährigen hatte, noch wollte sie Grayson aus ihrem Leben verbannen. Aber das Leben richtete sich nicht immer danach, was man wollte.

„Mary! Liebes! Es ist schon viel zu lange her, dass wir uns gesehen haben. Ich hasse diese dunkle Jahreszeit und wünschte, wir hätten Frühling.“ Celeste strahlte sie an. Sie war glücklich, man sah es ihr quasi an. So sollte sie eigentlich auch aussehen, eine glückliche Braut, die auf ihren großen Tag hin fieberte, doch Mary bezweifelte, dass sie Celeste im Moment auch nur im Entferntesten ähnelte.

„Es tut mir leid, dass ich mich so rarmache, aber die Hochzeitsvorbereitungen … Das kennst du ja. Es gibt so viel zu organisieren und zu planen.“ Ihre Worte hörten sich selbst in ihren Ohren so verlogen an.

„Kann ich dich kurz allein sprechen?“, flüsterte Celeste und sah sich diskret um.

Mary biss sich auf die Lippen. Sie wollte nicht noch so ein Gespräch führen, wie sie es gerade mit Grayson getan hatte. „Celeste, ich weiß, was du sagen willst. Ich kann dir versichern, dass ich Peer heiraten will und weiß, was ich tue.“ Ihre Stimme klang stärker, als sie sich fühlte.

„Du hast gerade mit Grayson gesprochen?“

Mary nickte und lächelte. „Ja, zwischen uns ist alles geklärt.“

„Ich weiß von dem Kind“, raunte Celeste ihr zu und ihr war anzusehen, dass sie die gleichen Fragen wie Grayson hatte.

„Bitte Celeste, lass es gut sein. Es ist alles in bester Ordnung. Das Leben geht manchmal verworrene Wege. Wer hätte gedacht, dass du und Driscoll zueinanderfinden? Ich danke dir, dass du dir Sorgen machst, aber glaube mir, ich bin glücklich.“ Sie lächelte und hoffte, dass es wenigstens ein wenig so wirkte.

Skeptisch sah Celeste sie an, dann nickte sie. „Ich kann dir nur versichern, dass ich das Verhalten meines Bruders nicht nachempfinden kann. Er ist ein Narr und ich hoffe, er wird es irgendwann selbst einsehen.“ Sie nahm Marys Hand und drückte sie fest. „Wenn du Hilfe brauchst, du weißt, dass du jederzeit zu mir kommen kannst. Egal wann, das weißt du, nicht wahr?“

Mary nickte. „Natürlich weiß ich das und ich bin dir sehr dankbar dafür. Du wirst doch zu meiner Hochzeit kommen, nicht wahr? Du musst einfach kommen. So und jetzt werde ich mich mal um meine Familie kümmern.“ Sie wandte sich ab und atmete tief durch. Mary wusste, dass Celeste sie vermutlich durchschaute, doch darauf konnte sie keine Rücksicht nehmen. Sie musste jetzt an sich und vor allem an ihr Kind denken. Es gab mit Sicherheit Schlimmeres, als eine Marchioness zu werden.

EUGENIE BLICKTE zu einer Gruppe von jungen Männern, die ihr unentwegt Blicke zuwarfen, um ihre Aufmerksamkeit zu wecken, was Eugenie heute zu wider war, obwohl sie doch Geburtstag hatte und im Mittelpunkt stand.

Sie stand mit Driscoll und Grayson zusammen, die in ein Gespräch über das Gestüt vertieft waren. „Wollt Ihr nicht morgen zum Abendessen vorbeikommen?“, fragte sie an Driscoll gewandt. „Es ist dir doch recht, Grayson?“

„Ja natürlich. Jederzeit“, entgegnete ihr Bruder.

„Du weißt, dass wir zurzeit einen Gast haben. Es wäre ungebührend, wenn wir Lion und seine Tochter alleine ließen“, gab Driscoll zu bedenken.

„Eure Gäste sind natürlich auch eingeladen“, entgegnete Eugenie mit einem Lächeln.

„Seine Tochter?“ Grayson hob fragend eine Augenbraue.

„Ja, Talbot ist Witwer und hat eine fünfjährige Tochter. Sie ist ganz reizend und wird euch gefallen“, erzählte Driscoll im Plauderton.

„Vielleicht möchtest du noch ein paar von deinen Verehrern einladen?“ Grayson blickte hinüber zu der Gruppe junger Männer, die Eugenie immer noch beobachteten.

„Nein, es soll nur ein ungezwungenes Beisammensein werden“, erklärte sie und drehte den Männern den Rücken zu. Ihr war die Lust auf das Flirten vergangen. Sie hatte sich das Ganze viel einfacher vorgestellt. Allerdings gab es im Augenblick auch niemanden, der ihr Herz schneller schlagen ließ. Sie sollte die Saison in London abwarten, dort gab es eine größere Auswahl und bestimmt würde sie dort einen Mann finden, der ihre Aufmerksamkeit verdiente.

KAPITEL 3

Anfang Dezember 1850
Croyden Manor/zwischen London
und Saint Albans

John, bitte sagen Sie in der Küche Bescheid, dass wir heute Abend vier Gäste haben. Ich möchte, dass wir Roastbeef mit Minzsoße servieren, dazu Kartoffeln in Butter geschwenkt und grüne Bohnen mit Speck. Als Nachtisch bitte Vanillepudding mit Beeren. Decken Sie den großen Tisch im Esszimmer ein. Wir werden zu neunt essen."

„Sehr wohl, Lady Eugenie." John nahm den Notizzettel entgegen und machte sich daran, den Auftrag in der Küche abzuliefern.

Am Nachmittag hatte es wieder zu schneien begonnen. Eugenie schaute durch das Fenster hinaus in den tristen Garten. Alles war mit Schnee bedeckt und hatte die Farben wie mit einem Löschpapier aufgesogen. Die Natur wirkte eintönig und langweilig. Nun gut, wenn die Welt dort draußen schal war, würde sie ein wenig für Farbe sorgen.

Entschlossen lief sie in den ersten Stock hinauf und rief ihre Schwestern zusammen.

„Ich möchte, dass ihr euch heute Abend besonders hübsch macht. Jede soll eine besondere Farbe tragen“, erklärte sie den Mädchen, die sich in ihrem Zimmer versammelt hatten.

„Und gibt es einen speziellen Grund dafür?“, wollte Valentine wissen.

„Celeste und Driscoll kommen zum Abendessen und bringen den Marquis of Egerton und seine kleine Tochter mit. Ich finde, wo es doch so trist draußen ist, sollten wir für ein wenig Abwechslung sorgen. Ich werde ein zartes Rosé tragen. Was ziehst du an, Georgina?“, fragte Eugenie voller Tatendrang.

„Ich werde ein rotes Kleid tragen“, entschied sie.

„Dann wähle ich hellblau“, rief Valentine.

„Und ich violett“, erklärte Rosalie lachend.

„Ich bin gespannt auf das kleine Mädchen. Es muss sich doch einsam vorkommen, so ganz allein. Hier gibt es ja keine anderen Kinder.“ Eugenie zog die Nase kraus.

„Ich glaube, du bist eher gespannt auf den Vater der Kleinen“, murmelte Georgina mit einem Lächeln auf den Lippen.

„Was ihr immer habt“, verteidigte sich Eugenie.

„Ja, Lion Talbot ist ja auch nicht so perfekt, wie Eugenie sich ihren Ehemann vorstellt, also denke ich nicht, dass sie es auf ihn abgesehen hat.“ Rosalies Worte hörten sich gemein an, aber sie meinte es nicht so und das wusste Eugenie. Rosalie war bekannt dafür, dass sie das aussprach, was ihr durch den Kopf ging, manchmal redete sie, bevor sie dachte.

„Ich finde nicht, dass seine Behinderung groß ins Auge fällt. Man schaut eher in sein wunderschönes Gesicht als auf sein Bein“, urteilte Valentine und erhob sich von dem Stuhl, auf dem sie gesessen hatte. „Ich werde mich jetzt fertigmachen, nicht, dass unsere Gäste eintreffen, und ich stehe im Unterhemd herum.“

„Das solltest du uns bitte ersparen“, rief Eugenie und scheuchte ihre Schwestern lachend aus ihrem Zimmer.

Sie rief nach Hatty, ihrer Kammerzofe, und diese half ihr, sich für das Dinner umzuziehen.

„Ich werde das zartrosa Seidenkleid tragen und bitte steck mir einige Perlen in die Haare. Ich werde die passende Perlenkette und die Ohrringe dazu tragen.“

„Sehr wohl, Mylady.“ Hatty machte sich daran, alles zusammenzutragen, während Eugenie sich herrichtete. Sie legte ein wenig Rouge und Lippenstift auf, aber nicht zu viel, schließlich war es nur ein Abendessen und kein Ball, und Talbot sollte nicht denken, dass sie sich für ihn so fein machte, auch wenn sie es tat, musste sie zugeben.

DIE MÄDCHEN HATTEN sich im großen Salon versammelt, dessen Fenster nach vorne hinausgingen. Hier konnten sie beobachten, wann die Kutsche des Duke of Leeds vorfuhr. Bei diesem Wetter würden sie nicht zu Pferd kommen, schon gar nicht, wenn sie ein Kind dabeihatten.

„Da kommen Sie!“, rief Rosalie, die am Fenster Posten bezogen hatte.

Sofort liefen alle zur Tür, wo John bereits die Gäste in Empfang nahm.

„Was ist das nur für ein scheußliches Wetter!“, rief Celeste. „Aber das gute Essen von Misses Bryce entschädigt uns für die Kutschfahrt, auf der wir beinah erfroren wären.“

„Dann kommt schnell rein, damit die Kälte nicht durch

die Tür kriecht und geht in den Salon, dort haben wir ein großes Feuer im Kamin entfacht“, rief Grayson.

John und ein Hausdiener nahmen die Mäntel, Hüte und Umhänge der Gäste entgegen.

Eugenie war am Eingang zum großen Salon stehen geblieben und begrüßte ihre Schwester mit einem Kuss, drückte Driscoll die Hand. „Wie schön, dass ihr trotz des Wetters gekommen seid.“

Driscoll lachte. „Ich glaube, selbst ein Orkan hätte deine Schwester nicht davon aufgehalten, mit ihren Geschwistern zu dinieren.“

Neugierig warf Eugenie einen Blick auf das kleine Mädchen, das sich an der Hand ihres Vaters, neugierig umblickte. Verblüfft hielt sie kurz den Atem an. Es war, als würde sie in ein Spiegelbild von vor sechzehn Jahren blicken.

Celeste lachte leise. „Ist es nicht verblüffend? Edith sieht aus wie Eugenie, als sie ein kleines Kind war. Die gleichen brünetten Haare, die leuchtend grünen Augen, das gleiche Lächeln. Sie trägt heute sogar dieselbe Farbe.“

Dies bemerkte Eugenie erst auf den zweiten Blick. Auch das Mädchen trug ein roséfarbenes Kleid. Es sah aus, als wäre Edith eine Miniaturausgabe von Eugenie. Sie trat auf die Kleine zu und ging vor ihr in die Hocke. „Hallo, ich bin Eugenie und wer bist du?“

„Edith Talbot“, sagte das kleine Mädchen selbstbewusst und streckte ihr die Hand entgegen.

„Hallo Edith, ich freue mich, dich kennenzulernen. Schau mal, das sind alles meine Schwestern. Georgina, Valentine, Rosalie und mein Bruder Grayson … Grayson, bitte schaue nicht so böse, da bekomme ja selbst ich Angst.“

Alle lachten, selbst Edith. Die Kleine machte ihre Runde, gab jedem die Hand und einen ordentlichen Knicks.

„Herzlich willkommen, Lord Egerton“, begrüßte Eugenie Ediths Vater.

„Lady Eugenie, vielen Dank für die Einladung.“

„Edith ist so süß“, raunte sie ihm zu und blickte zu dem Mädchen, die eine Puppe unter den Arm geklemmt trug.

„Wen hast du denn noch als Gast mitgebracht?“, fragte Eugenie neugierig.

„Das ist Emma. Sie ist meine beste Freundin“, erklärte Edith gewissenhaft.

„Ja, sie schleppt sie überall mit.“ Lion Talbot verdrehte die Augen.

„Mein lieber Lord, Sie verkennen den Nutzen einer besten Freundin“, belehrte Eugenie ihn laut und hielt Edith die Hand entgegen. „Komm Edith, dann werden wir sehen, dass Emma auch einen eigenen Stuhl am Tisch bekommt.“

Das kleine Mädchen strahlte sie regelrecht an und etwas in Eugenie sagte ihr, dass *sie* ab sofort eine neue beste Freundin hatte.

John erschien an der Tür. „Euer Gnaden, das Essen kann serviert werden.“

„Sehr gut, John. Dann bitte ich alle in das Esszimmer, wir wollen ja nicht kalt essen“, erklärte Grayson und schob sanft seine Schwestern Richtung Flur.

Driscoll bot Celeste seinen Arm an und Eugenie nahm Ediths kleine Hand in ihre, sah Lion erwartungsvoll an.

Ihm war anzusehen, dass er Eugenie ihre Worte vom Vortag noch nicht verziehen hatte, dennoch bot er ihr nach einigem Zögern, seinen Arm an. Gemeinsam betraten sie mit ein wenig Verspätung den Speisesaal, sodass nur noch drei Plätze nebeneinander an der rechten Seite frei waren.

Edith nahm den Platz neben Celeste ein und blickte erwartungsvoll zu Eugenie. „Setzt du dich neben mich?“, fragte sie mit piepsiger Stimme.

„Natürlich."

So blieb Lion nur übrig, sich auf der anderen Seite neben Eugenie niederzulassen. Seinem Ausdruck nach, war er davon nicht begeistert.

„John, würden Sie bitte noch einen Stuhl bringen, damit Emma auch einen Platz findet", forderte Eugenie mit ernster Stimme. Als John nicht verstand, worum es ging, deutete sie auf die Puppe und John nickte wissend. „Sofort, Mylady."

Emma fand neben Lion am Tischende einen Platz und endlich wurden die Gloschen gelüftet, die das Essen warmhielten.

„Guten Appetit", sagte Edith laut und alle erwiderten ihren Wunsch.

Während des Essens drehten sich die Gespräche um das Wetter, den Aufbau des Gestüts und die nahende Weihnachtszeit. Zu Eugenies Überraschung war Lion ein angenehmer Gesprächspartner, der sich besonders gut mit Pferden auskannte.

„Ich habe auch ein Pferd", meinte Edith und sah Eugenie erwartungsvoll an.

„Aha, ein Freund von Emma?"

Die Kleine schüttelte den Kopf. „Nein, ein richtiges Pferd. Es ist etwas klein, also eher ein Pony. Es heißt Benny und ist ganz lieb. Papa lässt mich manchmal darauf reiten, aber nur wenn das Wetter gut ist."

Eugenie sah sie erstaunt an. „Du kannst reiten?"

„Edith konnte bereits reiten, da konnte sie gerade laufen", erklärte Lion mit einem Lächeln auf den Lippen. „Sie ist ganz verrückt nach Pferden."

Edith nickte zustimmend.

„Dann haben wir ja eine kundige Beraterin", erklärte Grayson und grinste freundlich.

„Das würde ich mir noch einmal überlegen, Brisbin, meine

Tochter ist nicht einfach zufriedenzustellen“, rief Lion über den Tisch hinweg und erntete große Zustimmung von Driscoll.

„Nicht nur die Tochter“, murmelte Eugenie leise, doch Lion schien sie gehört zu haben, denn er blickte sie grimmig an.

Vielleicht war diese Einladung doch keine so gute Idee. Ihre Meinung revidierte Eugenie allerdings, als der Nachtisch serviert wurde. Er fand besonders bei Edith großen Anklang, während die Männer ihre Portionen lieber den Damen überließen und einen Mokka tranken.

„Talbot, ich würde Ihnen gerne die Pläne für das Gestüt zeigen, wenn Sie uns in mein Arbeitszimmer begleiten würden“, schlug Grayson vor.

Lion warf Edith einen besorgten Blick zu.

„Ich werde mich um Edith kümmern“, sagte Eugenie schnell und alle blickten sie überrascht an. „Was schaut ihr denn so, ich war selbst mal ein Kind.“

„Mir scheint, es ist immer noch so“, murmelte Lion und nun war es Eugenie, die ihn mit einem giftigen Blick strafte.

„Ich will bei Eugenie bleiben“, sagte Edith und dagegen kam Lion nicht an. Es schien, dass er seiner Tochter aus der Hand fraß.

„Gut, mein Spatz.“ Er strich seiner Tochter liebevoll über den Kopf und nickte Eugenie zu. Er lächelte nicht, aber man konnte seinen Blick als freundlich bezeichnen.

„Zeigst du mir dein Zimmer?“, fragte Edith. „Ich habe jetzt auch ein eigenes Zimmer. Vielleicht kommst du uns mal besuchen.“

„Ja, das würde ich gerne tun.“

„Wir haben ein Haus, ganz für uns allein und mein Zimmer hat ein großes Fenster, das ich aber nicht öffnen darf, weil Papa Angst hat, dass ich herausfalle.“

„Ja, das solltest du wirklich nicht tun, das ist viel zu gefährlich. Komm, ich zeige dir mein Zimmer.“ Eugenie nahm die Kleine an die Hand und während ihre Schwestern in den Blauen Salon gingen, um sich zu unterhalten, führte Eugenie das Mädchen die große Treppe hinauf.

Edith war begeistert von dem Zimmer mit dem Himmelbett und dem Schminktisch mit dem großen Spiegel. „Wenn ich einmal groß bin, möchte ich auch genauso ein Zimmer haben.“

„Das wirst du bestimmt, meine Schwestern haben auch alle so ein Zimmer.“

„Meine Mum hatte auch so einen Tisch, aber jetzt nicht mehr. Sie ist jetzt im Himmel, das hat Papa gesagt, glaubst du, das es so ist? Dass sie auf einer Wolke sitzt und zu mir herunterblickt?“

„Ja, ich glaube wirklich, dass es so ist. Dein Dad würde dich doch nicht belügen.“ Eugenies Hals war wie zugeschnürt.

„Nein, das würde er nicht.“ Sie schüttelte ihren Kopf und ihre Locken flogen hin und her.

„Darf ich mich in dein Bett legen?“, fragte Edith und gähnte.

„Du bist müde, nicht wahr?“ Eugenie sah sie besorgt an, dann hob sie Edith auf ihr Bett und zog ihr die Schuhe aus. „Leg dich ein bisschen hin und ruh dich aus.“

Mit Emma in den Armen bettete sie ihren kleinen Kopf auf die Kissen und Eugenie deckte sie sorgfältig zu. Es dauerte nicht lange, da fielen der Kleinen die Augen zu.

Besorgt blickte Eugenie aus dem Fenster. Es hatte wieder zu schneien begonnen, und zwar heftig. Dicke Flocken wirbelten durch die dunkle Nacht. Edith schlief tief und fest und Eugenie lehnte die Tür an, als sie das Zimmer verließ und sich zu ihren Schwestern in den Salon gesellte. Sie bat Hatty, ein Auge auf die Kleine zu haben.

„Wo hast du Edith gelassen?“, fragte Celeste besorgt.

„Sie ist in meinem Bett eingeschlafen. Der Kleinen sind sofort die Augen zugefallen, sobald sie lag, ich glaube, die ganzen neuen Eindrücke waren etwas zu viel.“

„Hoffentlich bekommt sie keine Angst, wenn sie alleine in dem fremden Zimmer aufwacht.“ Celeste wollte sich erheben, doch Eugenie hielt sie auf. „Ich habe Hatty gebeten auf sie zu achten und Bescheid zu geben, sobald sie aufwacht. Draußen ist die Hölle los, es schneit wie verrückt.“

„Was? Wirklich?“ Celeste lief aufgebracht zum Fenster und starrte hinaus. „Ja, der Schnee liegt schon fußhoch. Wie sollen wir jetzt nur nach Hause kommen, die Kutsche wird es schwer haben durch den Schnee durchzukommen.“

„Ich denke, das Beste wäre, wenn ihr hier übernachtet und morgen nach Hause fahrt“, meinte Georgina, die ebenfalls besorgt aus dem Fenster blickte. „Besonders, wenn ihr ein kleines Kind dabeihabt.“

„Ja, das ist eine gute Idee. So kann Edith durchschlafen und wir müssen sie nicht aufwecken.“

„Aber wo schläfst du dann?“, fragte Rosalie nachdenklich.

Darüber konnte Eugenie nur lachen. „Wir haben weiß Gott genug Zimmer, in die ich ausweichen kann. Edith wünscht sich auch so ein Zimmer und ich glaube, sie wird selig schlafen.“

„Dann sollten wir den Männern Bescheid geben“, entschied Celeste.

„Und wir lassen die Gästezimmer herrichten.“ Valentine machte sich mit Rosalie und Georgina auf den Weg.

„Ich nehme das Lavendelzimmer“, rief Eugenie ihren

Schwestern hinterher und folgte Celeste in das Arbeitszimmer.

Die Männer saßen vor dem Kamin und tranken in Ruhe ein Glas Brandy, erhoben sich, als Celeste und Eugenie den Raum betraten.

„Ich glaube, wir werden deine Gastfreundschaft noch ein wenig länger strapazieren müssen“, erklärte Celeste ihrem Bruder. „Es schneit heftig und die Straße ist unbefahrbar.“

„Dann sag den Dienstboten Bescheid, dass sie die Gästezimmer vorbereiten und die Kamine anzünden sollen.“ Grayson erhob sich.

„Das haben die Mädchen schon übernommen“, berichtete Celeste.

„Wo ist Edith?“, fragte Talbot besorgt.

„Sie liegt in meinem Bett und schläft selig. Meine Kammerzofe achtet auf sie. Sie brauchen sich keine Sorgen zu machen, Mylord.“ Eugenie war zu ihm getreten. „Sie war sehr müde und ist einfach eingeschlafen.“

„Ich hoffe, Sie bereitet Ihnen keine Umstände“, fragte er besorgt und sah dabei aus, als wäre es ihm gar nicht recht.

„Nein natürlich nicht. Wir haben genug Zimmer zur Verfügung. Ich werde nicht hier vor dem Kamin schlafen müssen“, erklärte sie mit einem Lächeln, dass jedoch nicht erwidert wurde. Es konnte doch nicht sein, dass Talbot immer noch böse auf sie war? „Ich habe das Lavendelzimmer für mich vorbereiten lassen, es ist alles in bester Ordnung.“ Sie wandte sich ab, weil Talbots unfreundliche Art mit ihr umzugehen, ihr ganz und gar nicht gefiel. Sie hatte sich entschuldigt, was erwartete er denn noch?

„Kann ich kurz nach ihr sehen?“, fragte er und sein Ton war nun ein wenig sanfter.

„Natürlich. Ich bringe Sie hin.“

Talbot erhob sich und folgte Eugenie zur Tür. Wie immer

brachte sie sein gutes Aussehen mit seinem rüden Ton nicht in Einklang. Während Sie die Treppe in den ersten Stock emporstiegen, verlangsamte Eugenie ihre Schritte, weil er nicht ganz so schnell vorankam, wie sie.

„Bitte entschuldigen Sie, dass ich Sie aufhalte", murmelte er, ohne ihr in die Augen zu schauen.

„Das tun Sie nicht, Mylord", entgegnete sie und als sie den obersten Absatz erreicht hatten, wandte Eugenie sich ihm zu. „Was haben Sie gegen mich, Lord Egerton?"

Er sah sie verwundert an.

„Ich gebe mir wirklich Mühe, freundlich zu sein, aber alles prallt an Ihnen ab. Ich habe mich bei Ihnen entschuldigt, erwarten Sie, dass ich vor Ihnen auf die Knie falle?", zischte sie ihm zu.

„Nein, eine Frau auf den Knien vor mir, dazu benötige ich etwas mehr Privatsphäre", sagte er leise und sah sie herausfordernd an.

„Sie sind impertinent", keuchte sie und ließ ihn einfach stehen. Was war er doch für ein ungehobelter Kerl, ihr so etwas zu sagen. Und noch schlimmer, ihr solche Gedanken in den Kopf zu pflanzen. Das war wirklich unerhört. Vor ihrem Zimmer blieb sie stehen und wartet auf Lion. Die Tür war nur angelehnt und auf einem Stuhl saß Hatty, die an einem Schal strickte und aufsah, als sie beide das Zimmer betraten.

„Sie schläft tief und fest", erklärte Hatty. „Ich werde bei Ihr bleiben, wenn es Ihnen recht ist, Mylady und auf der Couch schlafen."

„Das ist sehr nett, Hatty." Eugenie sah zu Lion auf, der ebenfalls nickte.

„Vielen Dank", sagte er leise und strich seiner Tochter über das Haar.

Leise schloss Eugenie ihre Zimmertür, als sie wieder den Raum verließen.

„Darf ich Ihnen Ihr Gästezimmer zeigen?" Eugenies Stimme klang unterkühlt und sie deutete den Gang entlang. „Es ist nicht weit von Edith entfernt. Wenn sie aufwacht, sind Sie gleich bei ihr."

Nur drei Türen weiter öffnete Eugenie eine Tür. Einer der Hausdiener hatte bereits den Kamin angezündet und die Kandelaber brannten.

„Ich hoffe, es ist alles zu Ihrer Zufriedenheit." Sie trat kurz ein, um sich selbst davon zu überzeugen. Das Bett war frisch bezogen, Wasser in der Kanne auf dem Waschtisch aufgefüllt und die Vorhänge zugezogen.

„Ich bin nicht sehr anspruchsvoll, nachdem ich viele Jahre auf See verbracht habe."

„Das war bestimmt nicht einfach." Eugenie stand mitten im Raum und sah zu ihm auf. „Ich hoffe, die Umstellung war nicht so groß für Sie."

Schritte und Stimmen waren auf dem Gang zu hören und erschrocken ging Eugenie hinter der halb geöffneten Tür in Deckung.

„Talbot! Ich wünsche Ihnen eine gute Nacht. Haben Sie vielleicht meine Schwester Eugenie gesehen?" Graysons Stimme war deutlich zu vernehmen.

Sie sah durch einen kleinen Spalt die Schuhspitzen von Grayson. Wenn er das Zimmer betrat und sie hier vorfand, würde das Eugenie in eine peinliche Lage bringen.

Lion, der in Eugenies Blickfeld stand, öffnete seinen Binder und die obersten Knöpfe des Hemdes, so, als wäre er bereits dabei, ins Bett zu gehen. „Ich glaube, Lady Eugenie hat sich zu Bett begeben", sagte er in einem Tonfall, der erkennen ließ, dass es ihm egal war, wo Eugenie abgeblieben war.

Eugenie lächelte. Was er doch für ein guter Schauspieler war.

„Ich hoffe in das richtige Bett“, murmelte Grayson. „Sehr gut, dann wünsche ich Ihnen eine gute Nacht.“ Er räusperte sich.

„Das wünsche ich Euch auch und vielen Dank, dass Ihr uns Unterschlupf gewährt bei dieser Wetterlage.“

„Immer wieder gerne, Talbot.“ Damit verhallten Graysons Schritte auf dem Gang und Lion schloss die Tür.

Sein Blick blieb an Eugenie hängen, die direkt dahinter gestanden hatte.

„Danke, dass Sie mich nicht verraten haben“, flüsterte sie und ihr Blick ging immer wieder zu dem Streifen nackte Haut, die unter seinem Hemd sichtbar wurde. Dunkle Härchen waren zu erkennen und Eugenie schluckte hart.

„Natürlich. Sie sollten vielleicht einen Augenblick warten, bis wir sicher sein können, dass sich alle zurückgezogen haben“, schlug er vor.

Eugenie starrte ihn an und war nicht in der Lage zu sprechen. In diesem Augenblick vergaß sie, dass er hinkte, vergaß, dass er sie nicht gerade freundlich behandelte, sondern sah einen Mann vor sich, den sie äußerst anziehend fand. Sein makelloses männliches Aussehen, die stolze Haltung und sein begehrlicher Blick gaben den Ausschlag darauf, dass sie einen Schritt auf ihn zu machte. Mutig hob sie ihre Hand und berührte seine Wange, auf die der Bartschatten des Tages zu sehen war. Seine schwarzen Haare schimmerten im diffusen Licht der Kandelaber fast bläulich.

„Warum mögen Sie mich nicht, Lion?“, fragte sie leise. „Ich versuche alles, meinen Fauxpas wieder gutzumachen, doch Sie geben mir keine Chance.“ Sie wollte ihre Hand fortziehen, doch Lion war schneller, legte seine Hand über ihre.

„Ich kann Ihnen keine Chance geben“, sagte er sanft.

„Aber warum denn nicht?“ Sie verstand einfach nicht, was er ihr mitteilen wollte.

„Weil ich mich dann noch mehr zu Ihnen hingezogen fühlen würde, als ich es ohnehin schon tue. Und das wäre nicht gut, denn was wollen Sie mit einem Krüppel. Sie brauchen einen Mann, der etwas darstellt, keinen verarmten Adeligen, der dazu noch ein Kind hat. Sie sind jung und das kann ich Ihnen unmöglich alles aufbürden, sie wären damit überfordert, Eugenie. Sie sollten jetzt gehen.“ Er sprach mit ruhiger Stimme, abgeklärt, als wäre er diese Sätze schon tausend Mal in Gedanken durchgegangen.

„Das wird nicht funktionieren, Lion. Sie werden mich nicht dazu bringen, Sie zu hassen, egal wie unverschämt sich mich behandeln.“

„Und warum nicht?“

„Weil Sie in meinen Augen kein … Krüppel sind, egal was ich gesagt habe. Sie sind ein Mann, der mich fasziniert. Sie sind geheimnisvoll, stark und … anziehend. Ihre kleine Tochter ist wundervoll.“

„Trotzdem sollten Sie sich nach einem anderen Mann umsehen.“ Er gab nicht nach.

„Und warum sollte ich das?“

„Weil ich Ihnen nichts zu bieten habe, Eugenie. Ich lebe in einem kleinen Bauernhaus. Zusammen mit meiner kleinen Tochter. Erzählen Sie mir doch nicht, dass Sie sich damit begnügen könnten. Was hätten wir für eine Zukunft? Also sollten wir uns zu nichts hinreißen lassen, was wir später bereuen würden. Was Sie später bereuen würden.“

Eugenie starrte ihn an und holte tief Atem. „Sagen Sie mir nicht, was ich denken oder tun soll. Glauben Sie nicht, dass ich alt genug bin, um zu wissen, was ich will?“

KAPITEL 4

Anfang Dezember 1850
Croyden Manor/zwischen London
und Saint Albans

Eugenie schien nicht zu verstehen, was Lion meinte. Er sah sie verzweifelt an und fuhr sich durch das Haar. „Eugenie, bitte, machen Sie es uns nicht noch schwerer", murmelte er und strich mit dem Daumen über ihre Wange.

„Bitte küssen Sie mich", forderte sie schon fast verzweifelt. Sie war wirklich eine mutige Frau, sich ihm hier so an den Hals zu werfen.

Zumindest sorgte sie dafür, dass er mit sich rang. Konnte er es zulassen? Die Folgen würden verheerend sein. Was, wenn er sich ernsthaft verliebte? Er wusste, dass Eugenie sich in sein schönes Gesicht verliebt hatte, nicht in den Mann, der er war.

„Eugenie, es ist nicht so, als würde ich Sie nicht wollen.

Sie sind eine begehrenswerte Frau, die schönste, die mir bisher begegnet ist. Doch Sie sollten mich nicht herausfordern."

Ein Lächeln glitt über ihre Züge. „Ich bin immer herausfordernd, dafür bin ich bekannt", sagte sie keck. „Und ich bekomme immer, was ich will."

„Und was genau wollen Sie?", raunte Lion ihr zu und sah sie prüfend an. Er wollte sich nicht geschlagen geben, zumindest noch nicht.

„Ich will, dass Sie mir zeigen, was mich als Ehefrau erwartet." Sie sah ihn atemlos an, als überraschten sie ihre eigenen Worte.

„Wie bitte?" Lion war sich nicht sicher, ob er sie richtig verstanden hatte.

„Zeigen Sie mir, was von einer Frau im Bett erwartet wird."

Er ließ von ihr ab, brachte einige Schritte Abstand zwischen sie. „Nein, das kann ich nicht. Ich würde Sie entehren. Ihr Ehemann würde erkennen, dass Sie keine Jungfrau mehr sind. So etwas können Sie nicht von mir verlangen. Kein Mann von Ehre würde diesem Wunsch nachgeben."

„Das heißt, Sie wollen mich also nicht?", flüsterte sie verletzt.

Lion stemmte seine Hände in die Hüften und trat wieder einen Schritt auf sie zu. Als er ihren Blick sah, war er sofort bei ihr und nahm sie in die Arme. „Nein, das heißt es nicht. Ich will Sie, Eugenie, natürlich will ich Sie, doch es wäre nicht klug."

„Aber wenn wir es doch beide wollen, dann kann nichts verkehrt daran sein." Sie blickte zu ihm auf und er konnte ihr einfach nicht widerstehen. Er beugte sich hinunter und berührte ihren Mund mit seinen Lippen. Sie schmeckte so süß und rein und es war schon so lange her, dass er eine Frau geküsst hatte, dass eine Frau bei ihm gelegen hatte. Mit Frieda, seiner Frau, hatte ihn schon lange nichts mehr verbunden. Allein wegen Edith hätte er sie nicht verlassen, doch geliebt hatte er sie nie. Um Ediths Willen hatte er sie geheiratet, war aber die meiste Zeit auf See gewesen. Doch sie war von ihm gegangen und nun war er wieder frei. Nun hielt er diese schöne Frau in den Armen, die allein mit ihren Blicken sagte, wie sehr sie ihn wollte.

Voller Leidenschaft küsste er sie und Eugenie stöhnte leise auf, doch dann hob er den Kopf. „Sie sollten gehen, wir sollten das hier nicht tun."

„Haben Sie mich jetzt nur geküsst, um mich dann zurückzuweisen?", fragte sie enttäuscht.

„Ich will Sie davor bewahren, eine Dummheit zu begehen, die Sie ewig verfolgen würde."

Es dauerte einen Moment, dann nickte sie und ging zur Tür. „Ich hoffe, Sie werden dies für immer bereuen, mich einfach weggeschickt zu haben. So eine Gelegenheit bietet sich Ihnen nicht noch einmal."

Lion sah Wut in ihrem Blick und wappnete sich, noch mehr Vorwürfe zu erhalten. „Dass eine Frau sich einem Mann mit Behinderung hingeben wollte?", fragte er freudlos.

Sie lachte leise auf. „Das tun Sie gerne, sich hinter Ihrer Beeinträchtigung verstecken, was? Aber soll ich Ihnen was sagen, das macht Sie nicht als Mann aus. Sie werden morgen in den Spiegel schauen und sich eingestehen müssen, dass Sie ein Narr sind. Gute Nacht Lion, schlafen Sie gut." Sie spähte auf den Flur hinaus und schloss dann leise die Tür hinter sich.

LEISE FUSSCHRITTE WAREN auf dem Boden zu hören und Eugenie öffnete die Augen. Sie hatte vergessen, die Vorhänge zuzuziehen, und fahles Sonnenlicht schien durchs Fenster.

„Guten Morgen, Eugenie."

„Guten Morgen, Edith. Du bist schon wach?"

Sie nickte. Edith trug ein Nachthemd, das ihr ein wenig zu lang war, aber ihre nackten Zehen lugten unter dem Saum hervor.

„Hatty hat mir ein Nachthemd geliehen, das ihrer kleinen Schwester gehört."

„Das ist sehr nett von Hatty. Deine Füße müssen doch kalt sein, komm schnell ins Bett." Eugenie hob ihre Decke an und Edith schlüpfte darunter.

„Ich glaube nicht, dass wir heute schon nach Hause können, der Schnee liegt richtig hoch, da kommt die Kutsche nicht durch."

„Na, dann können wir ja noch ein wenig schlafen und später machen wir einen kleinen Spaziergang."

„Du meinst, ich darf hier bei dir schlafen? Zusammen mit Emma?" Edith sah Eugenie fragend an.

„Selbstverständlich, das Bett ist ja groß genug."

„Das ist toll. Ich durfte nie mit in Mamas Bett, aber das war auch nicht so groß."

Edith streckte sich lang aus und Eugenie deckte sie sorgfältig zu. Die Kleine schenkte ihr ein Lächeln, das sie für den Ärger mit ihrem Vater entschädigte. Dieser Dickkopf, der sich in den Kopf gesetzt hatte, für den Rest seines Lebens ein Einsiedlerleben zu führen.

„Hast du gut in meinem Bett geschlafen?", fragte Eugenie und zog Edith in ihren Arm.

„Oh ja, aber du musstest jetzt hier schlafen."

„Das ist aber nicht schlimm, ich mag das Lavendelzimmer", gab Eugenie zu.

„Ich auch", murmelte Edith und schloss die Augen. „Hier ist es so schön warm."

Das war es wohl, was Edith fehlte. Ein wenig Wärme und Liebe in ihrem Leben.

Hatty weckte Eugenie gegen elf Uhr. Sie kümmerte sich um Edith, während Eugenie sich für den Tag fertigmachte. Als sie zusammen mit der Kleinen das Esszimmer betrat, waren alle anderen bereits anwesend.

„Da sind ja unsere Langschläfer“, meinte Celeste freundlich.

„Ich durfte mit Eugenie in einem Bett schlafen, das war so schön“, rief Edith und platzierte Emma auf dem Stuhl neben sich.

„Guten Morgen, mein Kind.“ Lion strich ihr über den Kopf.

„Guten Morgen, Papa. Hier ist es so schön. Können wir nicht noch ein wenig bleiben?“

„Ich denke nicht, wir können mit dem Pferd nach Hause reiten“, erklärte Lion und sah zu Driscoll hinüber.

„Auf keinen Fall, das ist viel zu gefährlich. Ihr bleibt hier, bis sich das Wetter beruhigt hat. Wir haben genug Platz und ihr seid gerne eingeladen.“ Grayson sah in die Runde und erntete begeisternden Zuspruch von seinen Schwestern, die Celeste nur zu gerne bei sich hatten.

„Ich denke, dagegen kommen wir nicht an, mein lieber Talbot“, meinte Driscoll. „Schon allein wegen Edith sollten wir das Risiko nicht auf uns nehmen. Es ist zwar nicht weit, aber bei dem Wetter sollten wir nichts riskieren. Dort draußen braut sich ein Sturm zusammen und hier ist es sicherer für uns alle. Je mehr wir sind, umso besser.“

„Ja, ich denke auch, dass wir noch hierbleiben sollten“, stimmte auch Celeste zu und man sah Lion an, dass es ihm zwar nicht recht war, er sich aber fügen würde.

„Dagegen komme ich wohl nicht an“, gab er nach und blickte Edith an, die Eugenie glücklich anlächelte, während er ihren Blick mied.

Das Wetter verschlechterte sich zusehends, sodass man keinen Fuß vor die Tür setzen konnte. Das Personal sorgte zwar dafür, dass die Wege zum Stall frei blieben, aber es schneite unentwegt. Die Frauen gaben sich Mühe, Edith zu beschäftigen, und zeigten ihr, wie man mit Nadel und Faden umging. Die Kleine war geschickt darin, wurde aber schnell müde und nach dem Lunch machte sie einen Mittagsschlaf, bei dem Emma nicht fehlen durfte.

Eugenie hielt es nicht weiter aus im Haus, die Männer hatten sich ins Arbeitszimmer zurückgezogen, um weiter über das Projekt Gestüt zu brüten. Mit festen Stiefeln und einem Mantel bekleidet, begab sie sich zu den Stallungen, um nach ihrem Pferd zu sehen. Obwohl sie wusste, dass O'Neill, der neue Stallbursche, seine Arbeit gut machte, wollte sie nach ihrem Pferd sehen, und sie brauchte dringend frische Luft. Sie war immer noch nicht darüber hinweg, wie Lion sie am Abend vorher abgewiesen hatte. Sein Kuss hatte sie kaum schlafen lassen, doch sie musste sich wohl damit abfinden, dass er kein Interesse an ihr hatte.

Gedankenverloren strich sie über die Nüstern von Golden Day, ihrer Stute, die beruhigend auf sie wirkte. Wann immer Eugenie Kummer hatte, war sie in die Ställe gegangen, um sich hier Trost zu holen.

„Was machen Sie hier bei diesem Wetter?“

Erschrocken zuckte sie zusammen, als Eugenie Lions Stimme erkannte. Sie blickte über ihre Schulter und sah ihn an der Tür stehen.

„Ich schaue nach meinem Pferd“, gab sie patzig zurück.

„Ich glaube nicht, dass ich dafür Ihre Erlaubnis brauche, Mylord.“ Sie klopfte den Hals der Stute und wandte sich ab. „Was machen *Sie* hier?“

„Ich werde nach Hause reiten, um nach dem Rechten zu sehen und Kleidung für Edith holen. So wie es aussieht, werden wir noch einige Tage hier verbringen.“

„Allein ist es viel zu gefährlich.“

„Darum werde auch ich reiten und nicht einer der Bediensteten.“

Er rief nach O`Neill und ließ ein Pferd satteln.

„O’Neill, bitte satteln Sie mein Pferd ebenfalls“, verlangte Eugenie.

„Was machen Sie?“, fragte Talbot überrascht.

„Ich werde Sie begleiten.“ Eugenie knöpfte ihren Mantel zu.

„Nein, auf keinen Fall. Es ist viel zu gefährlich.“

Eugenie lachte auf. „Wohl kaum gefährlicher, als wenn Sie alleine reiten. Sie können sich Ihren Atem sparen, ich werde Sie nicht allein lassen.“ Sie öffnete die Box und führte Golden Day heraus.

Genervt fuhr sich Lion über das Haar. „Grayson wird mich lynchen, wenn er davon erfährt.“

„Keine Angst, mein Bruder weiß, dass ich mir nichts vorschreiben lasse. Wir sollten uns beeilen, das Wetter kann schnell umschlagen und es sieht nach einem Sturm aus.“

„Sie wissen, dass das verrückt ist?“ Lion sah sie wütend an, doch Eugenie kümmerte sich nicht darum.

„Hören Sie auf zu jammern, Talbot. Ich brauche Bewegung und ein wenig frische Luft, sonst werde ich noch verrückt.“

„Für mich sind Sie das schon“, murmelte Lion laut genug, dass Eugenie ihn hören konnte.

KAPITEL 5

Anfang Dezember 1850
Watford Hall/zwischen London
und Saint Albans

Sie wissen, dass ich Sie nicht dabeihaben will?“, rief Lion ihr über die Schulter hinweg zu. Er ritt voraus, damit Eugenie seiner Spur folgen konnte.

„Ja, aber das ist mir egal“, gab sie zur Antwort und grinste innerlich. Er konnte noch so zetern, wie er wollte, sie würde ihn auf keinen Fall alleine reiten lassen, auch wenn es nur zwei Meilen waren. Ihnen blies eine harte Brise ins Gesicht und es war eisig kalt. Der Himmel färbte sich am Horizont dunkel und es schneite unaufhörlich.

Die Pferde kamen mit dem hohen Schnee gut zurecht, obwohl man aufpassen musste, wohin sie traten. Ihr Atem stieg als weißer Rauch auf, und hin und wieder schüttelten sie den nassen Schnee aus der Mähne.

„Es ist nicht mehr weit.“

Eugenie vermutete, dass Lion nur mit ihr sprach, um zu kontrollieren, ob sie noch da war und nicht unterwegs vom Pferd gefallen war. Kurz bevor sie das Grundstück von Watford Hall erreichten, brach der Sturm los. Sie trieben ihre Pferde an, um zum Haus zu gelangen, doch die Sicht wurde immer schlechter. Nur mit größter Mühe erreichten sie Talbots Haus. Sie brachten die Pferde erst einmal in dem Stall unter, liefen dann zu dem kleinen Haus, dass am Rande des Grundstücks, das zu Watford Hall gehörte, stand.

„Oh mein Gott, ist das ein Wetter“, stöhnte Eugenie auf, als sie ihren Mantel auszog und der Schnee sich auf dem Boden verteilte.

„Ich zünde schnell den Kamin an, dann versorge ich die Pferde. Sie können sich am Kamin aufwärmen“, erklärte Lion.

„Haben Sie kein Personal?“, fragte Eugenie überrascht.

„Nein … noch nicht“, gab er zögerlich zu und machte sich ans Werk. Im Haus war es kalt, aber bei Weitem nicht so ungemütlich wie draußen. „Wenn Sie sich nützlich machen wollen, können Sie uns einen Tee aufsetzen.“

Eugenie sah sich unsicher um, doch dann nickte sie. „Natürlich!“, erklärte sie selbstbewusst und machte sich auf in die Küche. Sie strich sich das nasse Haar aus dem Gesicht und sah sich um. Die Kochstelle war schnell gefunden, sie nahm den runden Deckel ab und legte etwas trockenes Holz hinein, legte Zeitung darüber, zündete sie mit Streichhölzern an, die sie in einem Regal fand. Sobald der Ofen brannte, nahm sie den Kessel, dann fiel ihr auf, dass es kein Wasser gab. Als sie sich umdrehte, trug Lion einen Wassereimer ins Haus. „Es ist noch gefroren und muss erst auftauen.“

„Wie sieht es draußen aus?“, wollte sie wissen.

„Der Sturm nimmt noch an Stärke zu. Ich weiß nicht, ob wir es heute noch zurückschaffen.“

Eugenie blickte neugierig aus dem Fenster. Es war so dunkel, als wäre es bereits Abend. „Sie meinen, wir müssen hier übernachten?“

Er nickte. „Der Weg zum Haupthaus ist zugeschneit und beträgt ein ganzes Stück. Ich denke, es wäre selbst dafür zu gefährlich. Sie hätten auf Croyden Manor bleiben sollen, dort wäre es weitaus ungefährlicher.“

Eugenie lächelte. „Ich liebe die Gefahr.“

Lion lächelte nicht. „Sie sind dumm, man geht nicht freiwillig so ein Risiko ein“, sagte er ernst und sah aus wie ein Mann, der schon oft der Gefahr ins Auge geblickt hatte.

„Wissen Sie, Lion, ich bin es leid, mir von Ihnen andauernd anhören zu müssen, wie unzulänglich ich bin. Ich habe mir wirklich Mühe gegeben, Ihnen zu gefallen. Doch ich glaube, Sie mögen keine Frauen, mir scheint es fast so, als würden Sie sie für irgendwas verantwortlich machen, was in Ihrem Leben falsch gelaufen ist. Aber es ist mir egal, denn ich werde mir das nicht weiter gefallen lassen und anhören. Ich werde zurück nach Croyden Manor reiten. Dort gibt es Menschen, die mich mögen und mich lieben, und nicht nur kritisieren.“ Sie wandte sich ab und lief zur Tür.

Der Sturm riss ihr die Tür aus der Hand, die gegen die Wand krachte und Eugenie schrie erschrocken auf.

„Verdammt!“, rief Lion und war wenige Augenblicke hinter ihr, knallte die Tür zu. „Du wirst nirgendwo hingehen.“ Er zog sie in seine Arme und küsste sie stürmisch.

Doch anstatt sich auf den Kuss einzulassen, biss Eugenie ihn in die Lippe.

„Aua! Was zum Teufel …“ Er sah sie überrascht an.

„Glaubst du, ein Kuss würde das alles wettmachen?“, zischte sie ihm zu, hielt sich aber an seinen Armen fest, die sich äußerst muskulös unter dem Hemd anfühlten. Er hatte seine nasse Jacke abgelegt.

„Nein, natürlich nicht. Aber ich werde auf andere Art Abbitte leisten“, murmelte er und nahm ihre Hand. „Ich hoffe, du entschuldigst, dass ich dich nicht die Treppe hinauftrage. Darauf musst du leider verzichten, wenn du dich mit einem Krüppel einlässt.“

Er zog sie die Treppe in das Obergeschoss hinauf und obwohl er die Stufen jeweils mit dem linken Fuß zuerst betrat, war er ausgesprochen schnell, sodass Eugenie kaum hinterherkam. Oben angekommen zog er sie in den zweiten Raum auf der rechten Seite, sein Schlafgemach. Er warf die Tür ins Schloss und küsste Eugenie erneut.

Dies war kein belangloser Kuss, sondern sollte sie bestrafen. Doch das tat er nicht, vielmehr weckte er ganz andere Gefühle in ihr. Eine Wärme breitete sich in ihrem Leib aus, obwohl es in diesem Raum eiskalt war.

Eugenie war es, die den Anfang machte und sein Hemd aus der Hose zog. Sie löste auch seinen Binder und ließ ihn einfach zu Boden fallen, das Hemd nahm den gleichen Weg. Seine Haut war gebräunt und zu Eugenies Überraschung prangte auf seiner Brust ein großes Tattoo.

„Oh, das sieht … wunderschön aus“, murmelte sie und fuhr mit den Fingerspitzen die Konturen des Segelschiffs nach.

„Gefällt es dir?“, fragte er und zum ersten Mal empfand sie Unsicherheit in seiner Stimme.

„Ja, es sieht wunderschön aus und passt zu dir.“ Sie sah zu ihm auf, auf seine betörend geschwungenen Lippen, mit seinem lockigen Haar wirkte er wie ein Engel.

Erneut küsste er sie und verschlang ihren Mund, dass ihr der Atem knapp wurde. Er löste die Knöpfe ihres Kleids, schob es von ihren Schultern. Eugenie war ihm behilflich, die Unterröcke herunterzuschieben. Schnell zog er seine Stiefel aus und schob die Hose hinunter, um den Rest auszuziehen.

Ungeniert betrachtete Eugenie seinen nackten Körper, ohne rot zu werden. Seine Erregung stand steif von seinem Körper ab und sie konnte nicht anders, als ihn dort zu berühren.

„Himmel“, seufzte er und schloss kurz die Augen.

„Ich will es so sehr, Lion. Zeig mir, wie es sein wird.“ Sie blickte ihm suchend in die Augen und hoffte, dass er keinen Rückzieher machen würde.

Vorsichtig hob er ihre Chemise an, zog sie ihr über den Kopf. Mit einer Hand berührte er eine Brust, streichelte sie sanft, bis die Spitze hart wurde.

„Ich werde dir alles zeigen, was immer du wissen willst“, raunte er ihr zu und schob ihr die Unterwäsche von den Hüften. Als er sich zur Seite drehte, sah sie eine lange Narbe an seinem Oberschenkel. Sie war dunkelrot und trat hart hervor.

Lion sah ihren Blick und schloss die Augen. „Es tut mir leid, dass du das sehen musst“, murmelte er verlegen und wollte zur Tür.

„Nein, Lion“, hielt Eugenie ihn auf. „Warte bitte.“ Sie nahm seine Hand und zog ihn zu sich. „Bitte, es macht mir nichts aus. Diese Narbe gehört zu dir, wie dein schönes Gesicht, so wie das kleine Muttermal auf meiner Wange zu mir gehört. Lass nicht zu, dass sie sich zwischen uns stellt.“ Eugenie trat näher und berührte sein Bein. Ganz vorsichtig fuhr sie seine Haut entlang, um ihm zu zeigen, dass die Narbe sie nicht abschreckte. Sie legte ihre Hand darauf. Sein Bein war ganz kalt.

„Im Winter tritt sie deutlicher hervor, weil es so kalt ist“, erklärte Lion verlegen. „Im Sommer ist es nicht so schlimm, dann kann ich mich auch besser bewegen.“

„Aber wenn du reitest, hast du keine Probleme?“

Er schüttelte den Kopf. „Nein, wenn ich reite, bin ich frei, dann bin ich ein ganz normaler Mann. Nur tanzen werde ich nie mit dir können." Er lächelte freudlos.

„Wer will schon tanzen, wenn er reiten kann?", flüsterte sie. „Oder sich lieben." Eugenie sah Lion erwartungsvoll an. „Liebe mich, Lion. Bitte, tu es." Sie ließ ihre Hände durch sein Brusthaar fahren und drückte ihm kleine Küsse auf die Haut. „Dir ist kalt, lass uns ins Bett gehen, der Sturm wird die ganze Nacht wüten. Hoffen wir, dass sich das Wetter morgen bessert, sonst wird Grayson ein Suchkommando nach uns losschicken."

LION KONNTE NICHT AUFHÖREN, Eugenie immerzu anzusehen. Sie war die schönste Frau, die er je in den Armen gehalten hatte. Sie war so weich und anschmiegsam. Es schien ihr nichts auszumachen, dass er nicht mehr der Mann war, der er einmal war – ein vollwertiger Mann.

Sie war mutig und neugierig und als er sich über sie schob und langsam in sie eindrang, lächelte sie. Selbst als er ihr unweigerlich Schmerzen zufügte, behielt sie die Ruhe, wartete, bis die Pein nachließ, nur um ihn dann zu ermutigen, weiter zu machen, kraftvoller, mit aller Leidenschaft. Neugierig erkundete sie seinen Körper, ließ keine Stelle aus. So etwas hatte er noch nie erlebt. In dieser Nacht begann sein Herz wieder zu schlagen, das so lange in einer Art Winterschlaf gelegen hatte. Er begann wieder zu leben und zu lieben. Er verliebte sich in eine Frau, die er kaum kannte, die aber den Mut einer Löwin besaß. Er würde alles für sie tun und wenn sie ihn haben wollte, würde er sie auf der Stelle heiraten.

Er blickte auf sie hinunter, wie sie schlafend in seinen Armen lag. Ihm war überhaupt nicht mehr kalt. Sie brachte Liebe und Licht in sein Leben.

Zärtlich strich er ihr über die Wange. „Ich liebe dich, Eugenie Brisbin“, murmelte er und küsste ihre Lippen.

„Ich liebe dich auch“, bekam er zur Antwort.

Lion grinste. Er hatte geglaubt, dass sie schlafen würde, doch sie tat es nicht. Sie öffnete zwar nicht ihre Augen, aber ein Lächeln glitt über ihre Lippen und das zeigte ihm, dass sie die Wahrheit sprach.

KAPITEL 6

Anfang Dezember 1850
Watford Hall/zwischen London
und Saint Albans

Eugenie erwachte davon, dass etwas ihre Lippen berührte.

„Guten Morgen. Wir müssen aufstehen. Die Sonne scheint bereits und wir müssen zurück nach Croyden Manor, bevor man uns sucht oder uns hier noch jemand erwischt."

Sie öffnete die Augen und sah in Lions grüne Augen, die sie liebevoll anblickten.

„Guten Morgen", murmelte Eugenie und zog die Bettdecke hoch bis zu ihrem Kinn.

„Was ist los?", fragte Lion nach.

„Nichts, nur das Tageslicht." Sie lächelte verlegen.

„Du brauchst dich nicht zu genieren", sagte er mit rauer Stimme und schob die Decke von ihren Brüsten. „Ich möchte dich immerzu ansehen“, murmelte er und beugte sich hinunter und küsste ihre Haut.

„Oh Gott, das fühlt sich so gut an, Lion.“ Eugenie fuhr durch sein zerzaustes Haar.

„Komm her und setzt dich über mich.“ Er hob sie an und zog sie zu sich.

Eugenie setzte sich rittlings über seine Hüften und bewegte sich rhythmisch. „Gefällt dir das?“, fragte sie unsicher.

Mit den Handflächen streichelte er ihre Oberschenkel und ihre blasse Haut. „Ja, sehr sogar. Ich mag deinen Körper. Ich kann mich nicht dagegen wehren, wie sehr ich dich will, Eugenie.“ Er berührte ihre Brüste, als plötzlich laute Schritte zu hören waren.

Eugenies Augen wurden groß, als sich in diesem Augenblick die Tür öffnete.

Mit einem lauten Schrei ließ sie sich neben Lion fallen und zog die Bettdecke über ihren nackten Körper. „Du lieber Himmel, Grayson! Bist du verrückt? Was tust du hier? Warum klopfst du nicht an?“, rief sie wütend.

„Entschuldige!“ Grayson der den Raum betreten hatte, drehte ihnen den Rücken zu. „Aber wir haben uns große Sorgen gemacht, als wir hörten, dass du bei diesem Wetter mit Talbot nach Watford Hall geritten bist.“ Er hörte sich nicht gerade freundlich an. „Ich konnte ja nicht wissen, was ihr hier treibt! Ich werde unten warten und hoffe, dass du eine gute Erklärung für diese Situation hast.“ Er verließ den Raum, ohne die Tür zu schließen.

„Verdammt! Ich will nicht, dass du Ärger bekommst. Ich werde mit deinem Bruder sprechen“, erklärte Lion, während er sich schnell ankleidete.

„Aber was willst du ihm denn sagen?“

„Ich werde Grayson bitten, um deine Hand anhalten zu

dürfen. Es gibt keinen anderen Ausweg. Die Möglichkeit besteht, dass wir ein Kind gezeugt haben, und ich werde dich nicht allein die Verantwortung dafür tragen lassen."

„Ein Kind?" Eugenie lachte schrill. „Aber doch nicht nach einem Mal."

„Wenn ich mich recht erinnere, waren es mehr als drei Mal und glaube mir, selbst nach einem Mal ist es möglich."

Eugenie, die sich beeilte, in ihre Kleider zu schlüpfen, warf ihm einen bösen Blick zu.

„Bist du fertig?", fragte Lion und wartete an der Tür auf sie.

Als sie ins Erdgeschoss kamen, wartete dort nicht nur Grayson, sondern auch Driscoll auf sie, der ein Lächeln auf den Lippen führte.

„Grayson, ich muss …"

Grayson hob eine Hand. „Wartet Talbot! Wir werden auf Croyden Manor darüber sprechen, denn wir müssen uns beeilen. Noch ist der Himmel blau, doch es naht ein weiterer Sturm."

„Ich habe bereits die Sachen für Edith gepackt", erklärte Lion und deutete auf eine kleine Reisetasche.

„Na, dann hatte dieser Ausflug wenigstens einen vernünftigen Grund", murmelte Grayson und verließ das Haus.

WIEDER AUF CROYDEN MANOR ANGEKOMMEN, lief Grayson sofort in sein Arbeitszimmer.

„Warte im Salon auf mich", bat Lion Eugenie und folgte Grayson. Er drückte ihre Hand und hoffte, dass alles gut ausgehen würde.

Lion schloss die Tür des Arbeitszimmers hinter sich und

trat an den Schreibtisch, hinter dem sich Grayson niedergelassen hatte.

Er blickte zu Lion auf und hielt einen Federkiel in der Hand. „Wie viel?“, fragte er streng.

„Wie viel was? Ich glaube, ich verstehe nicht ganz.“ Lion blickte Grayson verständnislos an.

„Wie viel Geld Sie fordern, damit Sie Eugenie in Ruhe lassen, Talbot.“

Lion lachte hart auf. „Das ist nicht Ihr Ernst, Euer Gnaden. Sie bieten mir Geld an? Das ist nicht zu fassen.“

„Doch das ist es.“ Grayson erhob sich und sah Lion wütend an. „Ich habe keine Ahnung, welches Spiel Sie mit meiner Schwester spielen, aber ich werde das nicht zulassen.“

„Ich spiele keine Spiele. Ich liebe Eugenie und bin hier, damit ich Ihre Erlaubnis erhalte, um ihre Hand anhalten zu dürfen.“ Lion sah Grayson aufrichtig an, stand gerade aufgerichtet vor ihm.

„Es tut mir leid, Mylord, aber diese Erlaubnis kann ich Ihnen nicht erteilen“, erwiderte Grayson mürrisch.

„Und warum nicht, wenn ich fragen darf? Gibt es einen Grund dafür? Oder wollen Sie mich einfach nur bestrafen für das, was Sie in meinem Haus gesehen haben?“

Grayson trat hinter dem Schreibtisch hervor, verschränkte die Hände hinter seinem Rücken und lief hin und her. „Was ich dort gehen habe, hätte ich mir lieber erspart, aber es hat nichts damit zu tun. Ich handele im Sinne von Ihnen beiden. Sie würden nicht glücklich werden. Eugenie ist sehr impulsiv, auch wenn sie heute noch glaubt, dass sie Sie liebt, so kann es morgen schon ganz anders aussehen.“

„Sie halten also Ihre Schwester für flatterhaft? Diese Meinung kann ich absolut nicht teilen. Ich denke, dass etwas ganz anderes dahintersteckt. Vermutlich wollen Sie die Hand

Ihrer Schwester nicht einem Mann geben, der ihr nichts zu bieten hat. Ja, ich bin darauf angewiesen, einer Arbeit nachzugehen, aber ich kann versprechen, dass meine Absichten edler Art sind."

Grayson hielt inne und nickte. „Das kann ja sein, aber trotzdem kann ich meine Meinung nicht ändern."

Talbot hatte diese Antwort schon fast erwartet. Brisbin machte nicht den Eindruck, als würde er seine gefasste Meinung über ihn ändern. „Gut, Sie sind also der Meinung, dass Sie mir Ihre edlen Pferde anvertrauen können, aber nicht die Hand Ihrer Schwester?" Er blickte Grayson enttäuscht an. Als dieser nichts erwiderte, verließ Lion grußlos den Raum.

EUGENIE KONNTE und wollte das nicht auf sich sitzen lassen. Was Lion ihr in knappen Worten erzählt hatte, konnte nicht wahr sein. Mit schnellen Schritten betrat sie Graysons Arbeitszimmer, ohne vorher anzuklopfen.

„Was kann ich für dich tun, Schwester?", fragte Grayson, der hinter seinem Schreibtisch saß, ohne aufzublicken. Er hatte gerade einen Brief unterschrieben und faltete ihn sorgfältig zusammen.

„Ich werde das so nicht hinnehmen", sagte sie und blieb vor dem Tisch stehen.

„Was?", fragte Grayson knapp.

„Du weißt genau, wovon ich spreche. Warum lehnst du Lions Bitte, um meine Hand anzuhalten, ab?"

„Ich habe meine Gründe, Schwester." Grayson sah aus, als wäre mit dieser Erklärung die Sache für ihn erledigt.

„Das ist nicht dein Ernst!", schrie sie auf. „Warum bist du nur immer so kaltherzig? Gibt es dir Genugtuung, dass andere genauso leiden müssen, wie du es tust? Ich kann nichts dafür, dass deine große Liebe einen anderen heiraten wird!"

Diese Worte bewirkten endlich etwas in Grayson und er

sah zu ihr auf. „Bitte setze dich, Eugenie.“ Er deutete auf einen Stuhl vor seinem Schreibtisch.

Auch wenn Eugenie vor Wut kochte, so nahm sie Platz.

„Auch wenn es dich wundert, aber Mary Babington ist keineswegs meine große Liebe und es hat nichts damit zu tun, dass ich nicht möchte, dass du Lord Egerton heiratest“, gab er mit ruhiger Stimme zu. Alleine seine zitternden Finger zeigten, dass er nicht ganz so gelassen war, wie er gerne vorgab.

„Nein? Das sehe ich ganz anders. Dann erkläre mir, warum wir nicht deinen Segen bekommen!“, verlangte sie.

„Eugenie, glaubst du nicht, dass ich als Bruder das Beste für dich will wie für alle meine Schwestern? Ich verfüge über Informationen, die mich glauben lassen, dass es besser ist, ihn nicht zu heiraten.“

„Und was sollen das für Informationen sein?“ Sie glaubte ihm kein Wort.

Grayson atmete schwer. „Du kannst es mir glauben.“ Er schien es dabei belassen zu wollen.

„Grayson! Sag es mir. Was ist es, dass du herausgefunden hast?“ Eugenie baute sich vor seinem Schreibtisch auf und erweckte den Eindruck, dass sie nicht eher gehen würde, bevor sie eine zufriedenstellende Antwort erhalten hatte. Sie beugte sich vor, stützte die Hände auf der Tischplatte ab.

Leise seufzte ihr Bruder. „Talbot hat den Titel nicht geerbt, er hat ihn an einem Spieltisch gewonnen.“ Er blickte sie mitleidig an. „Er ist ein Spieler und Frauenheld. Ein Glücksritter, der es nur auf dein Erbe abgesehen hat. Es tut mir leid, Eugenie.“

Für einen Augenblick war sie wie betäubt. Dann richtete sie sich kerzengerade auf und nickte, wandte sich ab und ging zur Tür. Bevor sie diese jedoch öffnete, wandte sie sich noch einmal um. „Lion mag vielleicht ein glückliches Händchen am Spieltisch bewiesen haben, aber dennoch verkennst du ihn. Vielleicht mag er mal ein Frauenheld gewesen sein, doch du weißt selbst, dass diese Zeit wohl vorbei ist. Er hat die Verantwortung für ein kleines Kind. Ich habe ihn als einen ganz anderen Menschen kennengelernt, als du ihn hier bezeichnest. Es besteht die Möglichkeit, dass ich ein Kind unter dem Herzen trage, und ich werde nicht dafür verantwortlich sein, dass es ohne den leiblichen Vater aufwächst, und du solltest es auch nicht. Ich bitte dich, bis Weihnachten noch einmal deine Ablehnung zu überdenken. Aber wie sie auch ausfallen sollte, ich habe nicht die Absicht, meine Meinung zu ändern. Ich werde Lions Frau, mit oder ohne deinen Segen. Es obliegt dir, ob du mit mir brichst."

KAPITEL 7

Mitte Dezember 1850
Oxford Street, London

Die Gäste waren in Scharen erschienen und unterhielten sich gut gelaunt. Jeder wollte es mit eigenen Augen sehen, wenn Lady Mary Babington dem Marquis of Goswins ihr Ja-Wort gab.

„Ich kann es nicht fassen, dass sie es wirklich tut", murmelte Celeste mit einem Glas an den Lippen und blickte Grayson in die Augen.

„Und ich kann es nicht glauben, dass ich wirklich hier bin, um mir das anzutun", erwiderte er leise.

„Wenn du nicht gekommen wärst, würde es nur Gerüchte geben, dass dir doch mehr an Mary liegt, als allgemein bekannt ist. Du hast keine Wahl und ich bewundere dich dafür, dass du die Fassung wahrst."

Grayson wusste, warum Celeste ihm zusprach. Sie wusste, dass er Mary liebte und wie schwer ihm das hier alles fiel. Aber er hatte es sich selbst zuzuschreiben, dass sie nun einen anderen Mann heiratete, anstatt ihn. Er hätte nur um ihre Hand anhalten müssen, eigentlich eine ganz einfache Sache, doch er hatte es nicht getan. Er hatte ihr noch nicht einmal sagen können, dass er sie liebte. Sein Stolz war ihm in die Quere gekommen und nun stand er hier, im Stadthaus von Peer Audley, sah dem Geschehen der Zeremonie zu, anstatt selbst die Hauptrolle zu spielen.

„Das wird nicht gut ausgehen“, wisperte Celeste ihm zu, ohne ihn anzusehen.

„Ich weiß, aber es ist ihre Entscheidung.“ Er trank einen Schluck Champagner, den Audley zur Feier des Tages spendierte.

„Ist das der Grund, warum du Eugenie die Heirat mit Talbot verwehrst?“

Innerlich stöhnte Grayson auf. „Nein, das ist nicht der Grund. Ich will jetzt aber nicht darüber sprechen. Wo ist dein Mann abgeblieben?“ Grayson sah sich suchend um.

„Er unterhält sich mit Talbot und Eugenie. Komm, wir sollten uns zu ihnen gesellen, damit wir dem glücklichen Brautpaar gratulieren können. Ich denke nicht, dass du alleine vorsprechen möchtest.“ Wie gut seine Schwester ihn doch kannte.

Talbot nickte ihm zu, während Eugenie ihn mit Ignoranz strafte. Sie war immer noch fest entschlossen, Talbots Ehefrau zu werden.

„Geht es dir gut?“, fragte Driscoll leise.

„Ja, natürlich. Warum nicht?“

„Weil du aussiehst, als wolltest du das Bürschchen, das gerade Mary geheiratet hat, in Stücke teilen.“ Driscolls Mund zuckte. Er hatte gut reden, schließlich hatte er die Frau bekommen, die er wollte.

„Wir sollten unsere Aufwartung machen und uns dann

empfehlen. Die Reise nach Croyden Manor ist lang und wir sollten gleich aufbrechen“, drängte Grayson zum Aufbruch.

„Natürlich, du hast recht“, sagte Driscoll und nickte seinem Freund zu.

„Mary! Alles Liebe zu deiner Vermählung oder muss ich dich jetzt siezen?“ Celeste umarmte ihre Freundin seit Kindertagen.

„Aber du doch nicht.“ Mary lachte auf und ihr Blick traf Grayson, der hinter seine Schwester getreten war.

„Ich gratuliere Ihnen ebenfalls“, sagte Grayson steif. Es war nicht seine Art, große Worte zu schwingen, daher nahm daran auch niemand Anstoß.

Auch Driscoll, Lion und Eugenie gratulierten. Marys Wangen waren rosig und sie sah glücklich aus. Grayson versuchte sich einzureden, dass sie mit Audley glücklicher war, als wenn er sie geheiratet hätte. Er wusste, dass das nicht stimmte, doch was blieb ihm anderes übrig? Sie war nun die Frau eines anderen und für immer für ihn verloren. Zwar war noch nichts von ihrer Schwangerschaft zu sehen, aber ihre Wangen sahen frisch aus und Mary strahlte auf eine besondere Weise von innen. Er musste hier raus, viel mehr konnte Grayson nicht ertragen. Er würde mit der Familie nach Croyden Manor fahren und das Weihnachtsfest dort verbringen, doch dann würde er nach London in das Stadthaus zurückkehren, um sich abzulenken.

„Ich will nicht unhöflich sein, aber ich muss zum Aufbruch drängen“, erklärte er laut.

„Vielen Dank, dass Sie uns die Ehre erwiesen haben, Euer Gnaden“, bedankte sich Audley und nahm die Hand seiner frisch angetrauten Frau. Es sah aus, als wollte er Grayson provozieren, doch er blickte nur Mary an. „Ich wünsche Ihnen für die Zukunft alles Gute.“ Niemand der Anwesenden hatte nur den Hauch einer Ahnung, was es ihn an Überwindung kostete, diese Worte auszusprechen.

EUGENIE SAß GEMEINSAM mit Lion und Celeste in einer Kutsche, während Grayson mit Driscoll auf den Pferden ritten.

„Glaubst du wirklich, dass Mary glücklich ist?“, fragte Eugenie an Celeste gewandt.

Sie hob die Schultern. „Ich weiß es nicht. Ich kann es nur hoffen. Allerdings war Audley bestimmt nicht der Mann, von dem Mary geträumt hat.“

„Nein, das war Grayson. So viel steht fest. Aber unser Bruder ist wie immer zu starrsinnig und stolz, als wenn er das zugeben würde. Er hat es verdorben und das wird ihn sein Leben lang begleiten.“ Eugenie blickte Lion an. „Aber er wird es nicht schaffen, unser Glück zu zerstören.“ Sie griff nach seiner Hand und drückte sie fest.

„Ich denke nicht, dass er das will“, nahm Lion Grayson in Schutz.

„Er ist zu arrogant. Nicht jeder ist mit einem goldenen Löffel im Mund geboren worden. Ehrliche Arbeit hat noch niemandem geschadet. Immerhin trägst du einen Titel, was will er denn mehr? Er tut so, als wollte ich mit dem Stallknecht durchbrennen.“

„Auf Grayson lastet eine große Verantwortung“, erklärte Celeste. „Er will für seine Schwestern nur das Beste. Das dürfen wir nicht vergessen und sollten ihm dankbar sein für das, was er für uns tut.“

„Aber woher nimmt er das Wissen, was das Beste für uns ist? Er ist keine Frau und kann es nicht wissen, vor allem, wenn er es mit seiner eigenen großen Liebe verdorben hat?“ Eugenie zog einen Schmollmund.

„Wir werden sehen, ob Grayson seine Meinung noch ändert. In wenigen Tagen ist Weihnachten, vielleicht gibt es ja ein Wunder." Lion versuchte, ihr ein wenig Hoffnung zu machen, und sie lächelte ihn liebevoll an.

Celeste hatte sich in eine warme Decke gehüllt und die Augen geschlossen. Eugenie wusste nicht, ob sie schlief, doch sie lehnte sich an Lion und sah zu ihm auf. Auch Talbot hatte bemerkt, dass Celeste schlief und beugte sich schnell hinunter, um Eugenie einen kurzen, aber intensiven Kuss auf die Lippen zu hauchen. Sie hatten sich längere Zeit nicht gesehen. Nicht, seit Grayson Talbots Bitte abgelehnt hatte, ihm die Hand seiner Schwester zu geben. Das Wetter hatte es nicht zugelassen, doch nun hatte der Schneefall nachgelassen und das Wetter war milder geworden. Dafür regnete es häufiger.

Dicke Regentropfen schlugen gegen die kleinen Fenster der Kutsche.

„Ich glaube, eure Freundin hat sich keinen Gefallen getan, Audley geheiratet zu haben", flüsterte Lion Eugenie zu.

„Warum nicht?" Sie sah ihn mit großen Augen an. Wusste er mehr, als er zugeben wollte?

„Ich kenne ihn. Nicht gut, aber ich bin ihm schon einige Male in diversen Spielsalons begegnet", gab er zögerlich zu. Es war Lion anzumerken, dass er sich nicht wohlfühlte.

„Dann stimmt es also", sagte Eugenie frappiert. „Du hast deinen Titel am Spieltisch gewonnen?"

„Eugenie, ich habe nie einen Hehl daraus gemacht, dass ich keiner adeligen Abstammung bin. Ja, es stimmt, ich habe den Titel gewonnen. Ich habe ihn einem glücklichen Händchen zu verdanken. Das ändert aber nichts daran, was für ein Mann ich bin."

„Was bist du für ein Mann? Ich kenne dich nicht

wirklich." Sie blickte ihm suchend in die Augen, als fände Eugenie dort alle Antworten auf ihre Fragen.

„Eugenie!", er griff nach ihren Händen. „Ich bin der Mann, den du bisher kennengelernt hast. Jemand, der sich unsterblich in dich verliebt hat. Der ein Leben mit dir will. Ich bin ehrlich und habe dir gesagt, dass ich dir nichts zu bieten habe. Es gab einmal eine dunkle Zeit in meinem Leben, nachdem meine Frau gestorben war. Ich habe viel getrunken und mich in den Spielsalons herumgetrieben. Dort gewann ich diesen Titel. Mein Vater kaufte mir vor Jahren ein Offizierspatent, so fuhr ich zur See. Als ich zurückkehrte, wusste ich nicht genau, was ich mit meinem Leben anfangen soll. Meine Frau und ich hatten uns auseinandergelebt, ich war schließlich nie zu Hause gewesen. Ich habe aus meinen Fehlern gelernt."

Seine Worte hatten Eugenie tief berührt und sie glaubte ihm. Ja, er war ein einfacher Mann, aber nicht minder adelig, wie sie es war. Sie hatte es auch nur ihrer Geburt zu verdanken und sah da keinen Unterschied. Sie beugte sich vor und drückte ihm einen zärtlichen Kuss auf die Lippen.

„Und dort bist du Audley begegnet?", fragte sie nach, um auf den eigentlichen Punkt zurückzukommen.

Lion nickte zustimmend. „Er verspielte ein Vermögen, gab viel Geld für Frauen aus. Ich habe gehört, dass er eine Menge Spielschulden hat, kann es aber nicht bestätigen, es sind nur Gerüchte."

„Er ist jung, vielleicht ändert er sein Verhalten, jetzt, wo er verheiratet ist", überlegte Eugenie laut.

„Wollen wir es hoffen", murmelte Talbot und Eugenie drängte sich der Eindruck auf, als hätte er ihr noch nicht alles erzählt.

KAPITEL 8

Weihnachten Dezember 1850
Croyden Manor/zwischen London
und Saint Albans

Der Weihnachtsbaum schmückte die Halle, denn nur hier hatte der Baum von zehn Yards genug Platz. Sein Licht spiegelte sich in den Kugeln wider und erfüllte das Haus mit dem Zauber der Weihnacht. Eugenie hatte ihre Schwester zusammen mit Driscoll, Lion und Edith zu einem Weihnachtsfrühstück eingeladen. Das Wetter hatte sich endlich beruhigt und die Sonne strahlte am Himmel, der hellblau leuchtete. Als ihre Gäste eintrafen, konnte sie ihre Aufregung kaum noch unterdrücken. Heute war der Tag, an dem Grayson seine Entscheidung bekannt geben wollte und für sie hing so viel davon ab. Dass sie Lion heiraten würde, daran bestand für sie kein Zweifel. Aber ob sie in Zukunft in Frieden mit ihrem Bruder leben konnte, würde sich erst noch herausstellen.

Edith betrat die Halle mit glänzenden Augen. John, der Hausdiener, nahm ihr das Mäntelchen ab.

„Daddy, sieh nur! Diese wunderschönen Kugeln, die am Baum hängen. So etwas habe ich noch nie gesehen“, rief sie aufgeregt.

„Es sind mundgeblasene Glaskugeln“, erklärte Eugenie und nahm Edith auf den Arm, die das ganz selbstverständlich zuließ. „Ich wünsche dir frohe Weihnachten. Schau mal, da hängt ein Päckchen an einem Ast. Wollen wir mal nachsehen, für wen das ist?“

Edith streckte den Arm aus und nahm das kleine Paket an sich. „Da steht mein Name darauf“, rief sie aufgeregt.

„Sie kann ihren Namen schon lesen?“, fragte Valentine überrascht. „Sie sollte von einem Privatlehrer unterrichtet werden.“ Ihr Blick ging hinüber zu Grayson, der etwas abseitsstand und die Szene beobachtete.

Edith hatte inzwischen die Schleife geöffnet und schob das Papier zur Seite. „Oh schaut doch, das ist ein Kleid für Emma!“, rief sie erfreut. „Vielen Dank, Eugenie.“ Sie legte ihre dünnen Arme um Eugenies Hals und drückte sie fest. „Darf ich ihr das Kleid sofort anziehen?“

„Später, wir wollen doch erst einmal etwas essen. Misses Bryce hat sich so viel Mühe mit dem Weihnachtsessen gegeben“, erklärte Eugenie und Edith nickte. An der Hand führte sie die Kleine in das Esszimmer und alle nahmen ihre Plätze ein. Lion warf Eugenie einen dankbaren Blick zu und lächelte sie beseelt an.

NACH DEM ESSEN begaben sich alle in den Salon, wo Valentine Weihnachtslieder auf dem Klavier anstimmte und alle mehr oder weniger gut am Weihnachtssingen teilnahmen. Edith war damit beschäftigt, Emma das neue Kleid anzuziehen und Eugenie saß neben Lion auf dem Sofa und beobachteten sie dabei.

„Grayson, kann ich dich einen Augenblick sprechen?“, fragte Celeste leise und deutete zur Tür.

Ihr Bruder folgte ihr ins Arbeitszimmer und Celeste schloss hinter ihm die Tür.

„Was kann ich für dich tun, liebe Schwester?“ Er bezog am Kamin Stellung, blickte sie fragend an.

Celeste nahm auf dem kleinen Sofa Platz und sah zu ihm auf. „Ich möchte gerne wissen, wie du dich entschieden hast. Wirst du Talbots Bitte entsprechen und ihm die Hand von Eugenie geben?“

Graysons Züge verhärteten sich. „Er wird für mich arbeiten, daher denke ich nicht, dass er eine angemessene Partie für meine Schwester ist.“

„Oh Gott, Grayson! Genau das habe ich mir gedacht. Warum bist du nur so verbohrt? Wenn du dich dagegenstellst, wirst du nicht nur deinen Angestellten verlieren, sondern auch deine Schwester, das muss dir doch klar sein. Eugenie liebt diesen Mann und sie liebt dieses Kind. Ist dir das denn gar nicht aufgefallen?“

Grayson atmete schwer, sagte aber nichts.

„Wenn du nicht willst, dass deine Schwester einen Bediensteten heiratet, warum beteiligt ihr Talbot dann nicht an eurem Gestüt. Quasi als Hochzeitsgeschenk. So wahrst du vor der guten Gesellschaft dein Gesicht und machst zumindest deine Schwester glücklich, wenn du es schon nicht bist.“ Ihr Ton hatte sich verändert, weil sie einfach nicht glauben konnte, wie verbohrt Grayson war.

„Du wärst also damit einverstanden, dass Eugenie diesen Mann heiratet und ihn und sein Kind in unsere Familie bringt?“

„Ja natürlich. Er ist ein ehrenwerter Mann.“

„Er hat seinen Titel an einem Spieltisch gewonnen", gab Grayson verachtend von sich.

„Das weiß ich", erklärte Celeste. „Und ich habe noch andere Neuigkeiten für dich. Er kennt Audley und weiß, dass dieser Kerl sich mit Frauen vergnügt und sein Geld verspielt. Ich glaube, Mary hat einen großen Fehler begangen."

„Woher weißt du das? Hat Talbot dir das erzählt?" Grayson nahm neben ihr Platz.

„So in etwa. Wir sollten ein Auge auf Mary haben. Aber vor allem solltest du über deinen Schatten springen und ihnen deinen Segen geben. Eugenie hat es verdient, glücklich zu werden und sie ist glücklich. Zerstör ihr das nicht."

„Die beiden kennen sich doch kaum", wandte er erneut ein.

„Als wenn das ein Grund wäre, nicht zu heiraten. Da musst du dir schon etwas anderes einfallen lassen, Bruder. Ich habe mit Driscoll gesprochen und er hat mir versichert, dass er keinen ehrenwerteren Mann kennt, als Lion Talbot. Im Übrigen habe ich Driscoll auch kaum gekannt, als ich ihn heiratete. Wer kennt schon einen anderen Menschen richtig?"

GEGEN ABEND SAẞEN alle zusammen im Salon, nachdem sie das Dinner eingenommen hatten. Vorher hatten Grayson und Eugenie noch Geschenke an die Bediensteten verteilt und ihnen für den Rest des Abends freigegeben.

Alle würden die Nacht auf Croyden Manor verbringen und so saßen die Erwachsenen noch bei einem Glas Punsch und Brandy, während Edith bereits in der oberen Etage selig schlief, mit Emma in ihren Armen.

„Vielen Dank, dass du Edith heute so eine Freude bereitet hast", bedankte sich Lion bei Eugenie.

Sie lächelte milde. „Das habe ich gerne getan. Sie ist so ein liebes Kind."

„Sie vermisst ihre Mutter sehr. Ich habe ein wenig Angst, dass sie enttäuscht wird. Sie sieht in dir so etwas wie einen Ersatz. Es gibt keinen Tag, an dem sie nicht von dir spricht." Sein Blick zeugte von seiner Besorgnis und Eugenie konnte ihn gut verstehen. Wenn Edith noch einmal jemand verlor, an dem ihr Herz hing, wäre es nicht auszudenken, welche Auswirkung das auf die Psyche des Kindes hätte.

„Sei unbesorgt, das Kind wird mich nicht verlieren." Sie blickte Talbot ernst an und er lächelte dankbar.

Eugenie musste unbedingt mit Grayson sprechen. Er war in ein Gespräch mit Celeste und Driscoll vertieft, doch darauf konnte sie jetzt keine Rücksicht nehmen. Sie erhob sich und ging hinüber.

„Grayson darf ich dich einen Augenblick unter vier Augen sprechen?", unterbrach sie seine Unterhaltung.

„Jetzt sofort?", fragte er überrascht.

„Wenn es möglich wäre?"

„Driscoll, wir sollten Rosalie für die bestickten Taschentücher danken, die sie mir geschenkt hat", erklärte Celeste und zog ihren Mann fort, zu der Gruppe ihrer Schwestern, die zusammensaßen und sich über die Geschenke freuten.

„Wie kann ich dir helfen, Schwester?", fragte Grayson und trank einen Schluck Brandy. Es war schon sein zweites Glas und er wirkte ein wenig gelöster, als es üblich war.

„Da deine Entscheidung heute fällig ist, möchte ich dich vor Bekanntgabe noch auf einen wichtigen Punkt hinweisen."

Grayson grinste und sah sie gespannt an.

Eugenie holte tief Atem. Ihr war bewusst, dass dies hier die letzte Chance war, Grayson zu beeinflussen, dass Lion der einzig richtige Mann für sie war. „Es geht um Edith. Ich bitte zu berücksichtigen, dass dieses kleine Mädchen eine Mutter braucht", stieß sie atemlos hervor.

„Und du glaubst, dass du diese Mutter sein könntest? Du bist doch selbst noch ein Kind", sagte er leise.

„Ich bin seit Jahren in der Lage selbst ein Kind zu bekommen, also sag nicht, dass ich noch ein Kind wäre, nur weil ich jünger bin als du. Das Mädchen liebt mich und ich sie, so wie ich ihren Vater liebe." Vor Verzweiflung traten ihr Tränen in die Augen. Ihre Nerven waren zum Zerreißen gespannt, das lange Warten auf den heutigen Tag der Entscheidung, hatte sie zermürbt.

„Liebe Eugenie, Weihnachten ist keine Zeit, an der man Tränen vergießen sollte. Komm bitte mit." Er nahm ihren Arm und führte sie in die Mitte des Raums.

„Darf ich kurz um eure Aufmerksamkeit bitten!", sagte Grayson mit lauter Stimme und sofort verstummten die Mädchen.

„Weihnachten ist die Zeit der Besinnung und der Freude, manchmal auch die Zeit der Liebe. Deshalb möchte ich euch darüber informieren, dass sich ein liebendes Paar gefunden hat. Lion Talbot hat mich um die Erlaubnis gebeten, um die Hand unserer lieben Schwester Eugenie anzuhalten und wie wir Eugenie kennen, hat sie mir bereits die Pistole auf die Brust gesetzt, damit ich endlich meine Zusage gebe. Mir bleibt demnach keine Alternative, als dem Paar alles erdenklich Gute zu wünschen. Lasst uns unsere Gläser auf das neue Brautpaar erheben."

„Aber Lion hat mich doch noch gar nicht gefragt", rief Eugenie schon fast ein wenig verzweifelt und wischte sich die Tränen der Freude aus den Augenwinkeln.

„Das lässt sich schnell nachholen", nahm Talbot das Stichwort auf und trat auf Eugenie zu. Er zog einen Ring aus seiner Jackentasche. „Ich hoffe, du verzeihst mir, dass ich nicht vor dir auf die Knie fallen kann, trotzdem bitte ich dich vor den Augen deiner Familie als Zeugen, um deine Hand. Willst du meine Frau werden und die Mutter meiner Kinder, liebste Eugenie?"

„Oh mein Gott, wie romantisch!", rief Rosalie vor Aufregung dazwischen.

„Psst, wir verpassen noch die Antwort", stieß Georgina ihr den Ellenbogen in die Rippen.

„Aua", murmelte Rosalie.

„Ja, Lion. Natürlich will ich deine Frau werden, ich kann es gar nicht mehr abwarten", hauchte Eugenie und ihre Wangen glühten, als Lion ihr den Ring über den Finger schob und einen Kuss auf die Lippen drückte.

„Na, das wäre dann endlich auch erledigt", meinte Driscoll erleichtert. „Lasst uns auf das Brautpaar unsere Gläser erheben."

„Edith wird begeistert sein", erklärte Lion und blickte Eugenie glücklich an.

„Nicht nur Edith, mein Liebster. Ich kann es auch kaum glauben, dass Grayson endlich ein Einsehen mit uns hatte."

KAPITEL 9

März 1851
Hamilton Place, Mayfair,
London

Müde schlug Grayson das Journal zu, das der Verwalter ihm zur Durchsicht überlassen hatte. Es stimmte alles auf Heller und Penny. Er leistete gute Arbeit, auf ihn war Verlass. Grayson lehnte sich in seinem Stuhl zurück und rieb seine Schläfen. Er brauchte dringend mal eine Abwechslung und läutete nach seiner Kutsche.

„Ich gehe noch aus, Jefferson. Bitte legen Sie mir neue Kleidung heraus", wies er seinen Kammerdiener an.

„Sehr wohl Euer Gnaden."

DAS *RED GEORGE* war ein Etablissement, das von betuchten Männern gerne besucht wurde. Grayson kam hierher, um in

Ruhe etwas zu trinken und sich mit anderen Männern zu unterhalten. Manchmal besuchte er eine der Damen auf den Zimmern, meistens dann, wenn er zu viel getrunken hatte. Er schätzte die private Atmosphäre. Nur selten sah man ihn am Spieltisch sitzen.

Heute war er hierhergekommen, um zu entspannen. Als er den Marquis of Goswins an einem der Spieltische erblickte, ließ er diesen links liegen und begab sich in den Raucherraum, wo man eine gepflegte Zigarre und einen guten Scotch genießen konnte, wenn man wollte in weiblicher Gesellschaft.

Madame Ruby, die für die Mädchen zuständig und seit mehr als zwanzig Jahren in diesem Haus tätig war, nahm Grayson in Empfang.

„Mein lieber Herzog! Wie schön, Sie hier begrüßen zu dürfen. Wir haben uns lange nicht gesehen." Sie hakte sich bei ihm ein und führte ihn zu einem Tisch. Der Raum war mit dunklen Möbeln bestückt, opulente Gemälde mit nackten Frauen hingen an den Wänden, die allerdings eher künstlerisch als anstößig wirkten. Es gab eine Menge kleiner Tische aus Nussbaum mit gemütlichen Sesseln, der Geruch von Zigarren hing in der Luft.

„Es war ein langer harter Winter", erklärte Grayson.

„Oh, dann werden Sie bestimmt Interesse an unseren neuen Mädchen haben. Eine wird Ihnen bestimmt gefallen unsere Marchioness. Die Männer sind ganz verrückt nach ihr, aber sie ist sehr wählerisch, Sie wissen ja, dass unsere Mädchen selbst entscheiden, wem sie ihre Zeit widmen. Doch ich denke, Sie werden ihr gefallen." Madame Ruby, mittlerweile über sechzig, hatte nichts von ihrem jugendlichen Charme eingebüßt.

Einen Moment dachte Grayson über ihre Worte nach,

dann nickte er. „Gut, bringen Sie mich zu ihr und ich hätte gerne eine Flasche Champagner und zwei Gläser."

Madame Ruby lächelte gut gelaunt. „Kommen Sie, Euer Gnaden." Sie brachte ihn zu der Hintertreppe, die in das Obergeschoss führte, wo die Mädchen ihre Zimmer hatten. Sie klopfte an eine Tür, dann bat sie ihn, einzutreten. Hinter ihm schloss sie die Tür.

„Ich bin sofort bei Ihnen, Mylord!", hörte er eine Stimme aus dem angrenzenden Zimmer, kurz darauf betrat eine Frau den Raum. Es war relativ dunkel, weil nur zwei Kerzen brannten. Die Zimmer waren alle gleich eingerichtet. Ein großes Bett dominierte den Raum, vor dem Kamin gab es zwei Sessel und neben der Tür stand ein kleiner Tisch mit einem Stuhl. Ein Herrendiener wartete darauf, die Kleidung des Besuchers aufzunehmen. Daneben stand ein großer Spiegel, damit man sich ordentlich wieder herrichten konnte. Ein Waschtisch mit Schüssel und sauberen Handtüchern war in einem kleinen Nebenraum untergebracht.

Grayson trat einige Schritte näher, als er in der Bewegung innehielt.

„Euer Gnaden! Welch eine Überraschung, Euch hier zu treffen."

„Mary", murmelte er und konnte nicht verstehen, was seine Augen vor sich sahen. „Was machst du hier?"

Sie lachte ein kehliges Lachen und kam auf ihn zu. „Müsste ich dich das nicht ebenfalls fragen?"

Sie trug einen schwarzen Morgenmantel, der mehr zeigte, als er verbarg. Darunter war sie komplett nackt. Ihre helle Haut schimmerte durch den Stoff und Grayson konnte seinen Blick nicht abwenden.

„Verdammt Mary! Was machst du hier?", fragte er ernst und trat auf sie zu.

Mary schwankte leicht und lächelte. Ihre Wangen waren

gerötet, sie hatte unweigerlich bereits etwas getrunken. „Wollen wir nicht die Flasche öffnen? Ich könnte etwas gebrauchen."

Sie ging an ihm vorbei und nahm den Champagner vom Tisch, reichte die Flasche an Grayson weiter. „Bist du mir behilflich? Ich bin am Verdursten."

„Du bist betrunken."

Erneut lachte sie. „Glaubst du, das hier kann man nüchtern ertragen?", fragte sie und ihr Ton nahm an Schärfe zu.

Grayson nahm ihr die Flasche ab und öffnete sie, goss zwei Gläser ein und reichte ihr eines. Sie trank das Glas mit einem Schluck leer, hielt es ihm direkt wieder entgegen. Er schenkte ihr nach und trank selbst. Dann stellte er Flasche und Glas zur Seite. „Was soll das alles hier?" Grayson blickte sich suchend um.

„Ich bin dort, wo ich doch deiner Meinung nach hingehöre", erklärte sie und trank nun einen kleineren Schluck.

„Weiß dein Mann, was du hier treibst?"

Sie lachte erneut freundlos auf. „Was glaubst du, warum ich hier bin?" Sie stellte das Glas auf dem Tisch ab. Durch ihre Bewegung fiel Licht auf ihr Gesicht und Grayson nahm ihre Hand, zog sie näher zu sich.

„Was ist passiert?" Er sah sich ihr Gesicht an. Ihre Wange war geschwollen und rot. Sie hatte versucht, es zu verdecken, doch er kannte sie so gut, dass es ihm auffiel. „Hat Audley dich geschlagen? … Was frage ich, natürlich hat er das. Will er, dass du dich den Männern hier anbietest?"

Mary versuchte, sich ihm zu entwinden, doch er hielt sie fest.

„Mary, sprich mit mir. Ich will dir helfen."

„Du willst mir helfen? Dann schlaf mit mir und bezahle den Preis."

„Dir geht es um das Geld?" Er verstand einfach nicht, was hier gespielt wurde.

„Ich bestimmt nicht. Aber Audley braucht es. Er ist ein Spieler und ist hoch verschuldet. Meine Mitgift hat er bereits durchgebracht, jetzt braucht er mehr Geld, weil er kein glückliches Händchen hat. Ich muss für ihn das Geld anschaffen, wenn ich es nicht tue, will er an die Öffentlichkeit gehen und verbreiten, dass …" Sie hielt inne und senkte den Blick.

„Was?" Am liebsten hätte Grayson sie geschüttelt, um an die Wahrheit zu gelangen.

„Dass ich bereits schwanger war, bevor er mich heiratete und dass du der Vater bist. Ich habe es nicht verraten, aber er weiß, dass ich dich liebe, und es liegt auf der Hand. Wer sollte sonst infrage kommen?"

„Ich werde dich hier herausholen", rief Grayson aufgebracht.

„Nein, das darfst du nicht. Ich bin seine Ehefrau. Der Skandal würde mich umbringen. Er macht Geschäfte mit Madame Ruby, ich weiß nicht welcher Art. Aber Audley ist ein durch und durch missratener Mensch. Du musst dich vor ihm in Acht nehmen." Mary schluchzte auf und konnte die Tränen nicht mehr zurückhalten.

„Mein Gott, was habe ich getan?", murmelte Grayson. „Ich hätte dich heiraten müssen und nun habe ich dich in diese Lage gebracht. Es tut mir so leid."

Mit nassen Augen blickte sie zu ihm auf. „Nein, du hast nichts damit zu tun. Ich bin dafür verantwortlich. Ich wollte dich bestrafen, weil du mich nicht wolltest", gab sie leise zu.

„Mit wie vielen Männern hast du schon schlafen müssen?", wollte er wissen.

„Ist das wichtig?“ Mary wollte sich von ihm lösen, doch Grayson ließ sie nicht gehen.

„Sag es mir.“

Sie öffnete den Mantel und ließ ihn von den Schultern gleiten. Eine kleine Wölbung ihres Bauches war bereits sichtbar. „Es waren nicht viele, deshalb schlägt er mich. Aber die meisten Männer schreckt mein Bauch ab und sie denken, ich wollte ihnen ein Kind unterschieben.“ Sie schloss die Augen vor Scham.

„Gott, Mary.“ Grayson zog sie in seine Arme. „Du bist so wunderschön.“ Er berührte ihren Bauch, streichelte darüber.

Sehnsuchtsvoll blickte sie zu ihm auf und Grayson konnte nicht anders, beugte sie hinunter, um Mary zu küssen. Seine Hände fuhren über ihren nackten Körper, als wollte er alle Stellen auf einmal erkunden.

„Oh Grayson“, stöhnte sie in seinen Mund.

„Ich will dich so sehr Mary und ich werde dich hier herausholen. Du gehörst mir und niemand wird dich jemals wieder schlagen.“

Sie hatte ihre Augen geschlossen. „Liebe mich, jetzt“ forderte sie und ließ ihre flache Hand an seinem Körper hinabgleiten, drückte gegen seine harte Männlichkeit. „Du willst mich, ich fühle es und sehe es in deinen Augen.“ Mary machte sich daran, seine Hose zu öffnen.

„Warte, erst die Stiefel.“ Er zerrte sich den schwarzen Cut von den Schultern, öffnete die Schleife und zog die goldfarbene Weste aus, während Mary sich hinunterbeugte und ihm aus den Stiefeln und Socken half.

Mary wandte sich schnell dem Bett zu, doch Grayson hielt sie auf. „Warte Mary, wir haben keine Eile, sondern die ganze Nacht.“

„Aber, ich muss …“ Sie verstummte verlegen.

„Ich bezahle dir die ganze Nacht und jede weitere, wenn

es sein muss. Mach dir keine Sorgen. Ich werde mir etwas einfallen lassen, um dich hier herauszuholen, ohne deinen Ruf zu beschädigen.“

Sie sah zu ihm auf und er sah Hoffnung in ihrem Blick, Hoffnung darauf, dass er sie retten würde.

KAPITEL 10

März 1851
Hamilton Place, Mayfair,
London

Lion saß im Arbeitszimmer des Duke of Croyden und wartete mit ihm zusammen darauf, dass Driscoll endlich eintreffen würde. Endlich klopfte es an der Tür und der Butler kündigte den Herzog an.

„Bitte entschuldigt, ich wurde aufgehalten." Er stürmte ins Zimmer, als zöge er in die Schlacht.

„Nun bist du ja da. Scotch?", fragte Grayson in die Runde und die Männer nickten. Grayson ging hinüber zu dem kleinen Tisch, auf dem die Gläser und Karaffen mit den hochprozentigen Getränken standen. Er goss drei Gläser ein und reichte zwei an Driscoll und Lion weiter.

„Ich habe euch hergebeten, weil ich eure Hilfe brauche", erklärte Grayson und trank einen Schluck, als müsste er sich stärken, für das, was nun kam.

„Es tut mir leid, dass es so kurzfristig vor eurer Hochzeit ist, Talbot, aber es geht nicht anders."

Lion machte eine unbestimmte Handbewegung. „Wir heiraten in zwei Tagen, was soll jetzt noch dazwischenkommen? Du wirst wohl kaum ein Veto einlegen. Du weißt, dass ich deine Schwester mehr als alles anderes auf der Welt liebe, außer Edith vielleicht."

„Ja natürlich. Es geht auch nicht um Eugenie, sondern um Mary."

„Mary? Die Marchioness of Goswins?", fragte Driscoll nach.

Grayson nickte. „Ja. Dieser Bastard von Audley, lässt sie im Red Georges anschaffen, damit sie seine Spielschulden abarbeitet."

„Das ist nicht dein Ernst." Driscoll nahm einen Schluck aus seinem Tumbler.

„Doch, das ist es. Ich war gestern dort und habe sie gesehen. Es geht ihr nicht gut und wir müssen Mary dort herausholen."

„Aber wie? Sie ist mit Audley verheiratet, wir können sie wohl unmöglich vor seinen Augen entführen. Er ist ihr Ehemann."

„Er hat ihre Mitgift bereits verspielt und scheint kurz vor dem Bankrott zu stehen", erzählte Grayson weiter.

„Warum hat Mary sich nicht an ihre Familie gewandt?", fragte Lion nachdenklich.

„Keine Ahnung, ich nehme an, aus Scham. Sie will einen Skandal vermeiden. Vermutlich würde Audley sie grün und blau schlagen, was er ja schon getan hat. Wir müssen etwas tun, sie ist in keinem guten Zustand."

„Was geht dich das an, wenn ich fragen darf." Lion blickte Grayson fragend an und wartete auf eine Antwort.

Grayson schritt, wie er es oft tat, wenn man ihn in die Enge drängte, den Raum ab. „Ich habe einen großen Fehler begangen. Ich liebe Mary und hätte sie heiraten müssen, doch ich habe sie nicht gefragt. Sie ist schwanger und ich bin der Vater ihres Kindes."

Driscoll und Lion blickten ihn an, als wäre neben ihnen eine Kugel eingeschlagen.

„Ihr könnt mich verurteilen oder mir helfen, es liegt ganz bei euch. Aber ich werde Mary dort herausholen. Sie wird sonst zugrunde gehen."

„Ich bin dabei", sagte Driscoll sofort, ohne lange darüber nachzudenken. „Wie sieht es mit dir aus, Lion?"

Dieser hob die Schultern. „Was für eine Frage. Wenn eine Lady in Not ist, bin ich ebenfalls dabei. Außerdem werde in meinen zukünftigen Schwager nicht im Stich lassen."

„Du vergisst, dass du bald zwei davon hast", entgegnete Driscoll und schlug ihm wohlwollend auf eine Schulter. „Wie sieht dein Plan aus, Grayson?"

Die beiden Männer blickten ihn gespannt an, als Grayson zu erzählen begann.

„ICH VERSTEHE NICHT, warum du heute Abend noch ausgehen musst?" Eugenie sah aus, als wollte sie aus der Haut fahren.

„Dein Bruder hat mich eingeladen, das kann ich nicht einfach ausschlagen", entgegnete Lion und sah sie mit einem Blick an, von dem er hoffte, dass er harmlos wirkte. Allerdings war er sich nicht sicher, ob es ihm auch gelang.

„Ich kenne meinen Bruder und in welchen Lokalen er verkehrt", erwiderte sie hitzig.

„Was glaubst du denn, was passieren wird?" Lion zog sie in seine Arme.

„Dass du eine andere Frau kennenlernst?“ Sie sprach mit seiner Jacke.

Leise lachte Lion. „Du glaubst, ich habe Augen für andere Frauen?“

„Du bist ein sehr schöner Mann“, flüsterte sie und blickte zu ihm auf.

Er sah in ihre wunderschönen grünen Augen und strich ihr eine brünette Locke aus dem Gesicht. „Wir heiraten übermorgen und ich bin mit meinen zukünftigen Schwägern unterwegs. Glaubst du wirklich, ich würde anderen Frauen bloß einen Blick schenken? Hast du denn kein Vertrauen zu mir? Ganz zu schweigen, dass Grayson mich zum Duell fordern würde, sollte ich auch nur annähernd so etwas versuchen.“

Sie standen auf der Terrasse des Londoner Stadthauses, während die Sonne bereits untergegangen war.

„Ich bin so aufgeregt wegen übermorgen, Lion. Bitte entschuldige. Natürlich vertraue ich dir. Nur … ich kann es kaum erwarten, dass wir endlich Mann und Frau und mit Edith dann eine richtige Familie sind.“

„Das ist auch mein größter Wunsch, Darling.“ Er beugte sich hinunter und küsste Eugenie innig. „Ich liebe dich und daran wird niemand etwas ändern können. Hab ein wenig Vertrauen. In zwei Tagen werde ich am Altar neben dir stehen und dich zur Frau nehmen. Ich will Graysons Einladung nicht ausschlagen und freue mich, dass er mich als das akzeptiert, welches ich bald sein werde. Sein Schwager und der Ehemann seiner Schwester.“ Er strahlte Eugenie voller Zuversicht an.

„Weißt du, worauf ich mich sehr freue? Übermorgen werde ich nicht nur eine Ehefrau sein, sondern gleichzeitig auch eine Mutter, wenn auch nur eine Stiefmutter, aber eine, die ihr Kind liebt, als wäre es ihr Eigenes.“

Sanft strich Lion ihr über das Gesicht. „Du machst mich zu einem glücklichen Mann. Niemals hätte ich erwartet, so viel Glück in meinem Leben zu erhalten. Ich bin dir so dankbar.“ Er verschloss ihr den Mund mit einem zärtlichen Kuss, bevor Eugenie noch Bedenken anmelden konnte.

KAPITEL 11

März 1851
Red George, Hafenviertel
London

Grayson gesellte sich an den Spieltisch, an dem Audley bereits saß, nickte den anwesenden Personen zu.

„Euer Gnaden! Welch eine Ehre, Euch hier begrüßen zu dürfen.“ Peer Audley grinste schief.

„Audley! Sie scheinen hier ja einen Stuhl mit Ihrem Namen zu besitzen“, erklärte Grayson, nicht gerade freundlich.

„Ich habe ein glückliches Händchen, das muss ich ausnutzen.“

Grayson fand diesen Kerl einfach nur widerlich. Wie Mary ihn hatte heiraten können, war ihm ein Rätsel. Doch im Grunde war er selbst an allem schuld, wenn er jemanden verurteilen wollte, dann musste er bei sich beginnen.

„Ah, da ist ja auch der Duke of Leeds und …“ Audley sah Lion fragend an.

„Marquis of Egerton, mein zukünftiger Schwager“, stellte Grayson Lion vor.

„Dann muss ich wohl gratulieren … Darf ich die Herren zu einer Partie Poque einladen?“ Audley deutete auf die freien Stühle.

Driscoll warf Grayson einen kurzen Blick zu, dann nickte er und alle setzten sich. Am Tisch saßen bereits zwei weitere Männer, die Grayson namentlich nicht bekannt waren.

„Wenn ich kurz vorstellen darf? Viscount Davies und Mister Thomas Andrews.“

Die Männer nickten sich einander zu und Driscoll bestellte eine Runde für den gesamten Tisch bei einem Lakaien, der nach kurzer Zeit für jeden ein Glas Scotch brachte.

„Auf einen befreienden Abend!“, meinte Grayson bedeutungsvoll und blickte lächelnd in die Runde.

SCHNELL STELLTE SICH HERAUS, dass Peer Audley über alles andere verfügte, aber nicht über ein glückliches Händchen. Er war ein miserabler Spieler. Setzte hohe Beträge, selbst wenn er nur ein schwaches Pärchen auf der Hand hatte und verlor schnell das Geld, das vor ihm auf dem Tisch lag.

Driscoll warf Grayson hin und wieder Blicke zu, schüttelte verständnislos den Kopf. Er selbst beobachtete den jungen Kerl, der ihm zutiefst zuwider war. Das schwarze Haar hing ihm strähnig ins Gesicht. Er trug einen ungepflegten Backenbart, auch seine ganze Erscheinung wirkte ungepflegt. Wenn er sich Mary mit ihm vorstellte, wie er sie berührte, wurde ihm übel.

Aber bevor Audley sein ganzes Geld verspielte, wendete

sich das Blatt. Plötzlich gewann er und das direkt mehrere Male hintereinander.

„Das geht doch nicht mit rechten Dingen zu!“, rief Thomas Andrews aufgebracht und warf seine Karten auf den Tisch.

Audley hob nur die Schultern. „Ich bin eben ein Glückskind.“ Er grinste jugendlich, verzog das Gesicht zu einer Fratze.

Grayson blickte Lion und Driscoll an, nickte ihnen zu, dann erhob er sich. „Wenn Sie mich entschuldigen wollen. Ich habe für heute genug.“

„Was? Sie geben schon auf, Euer Gnaden? Ich hätte Ihnen mehr Standhaftigkeit zugetraut.“

„Ein guter Mann weiß, wann er verloren hat, Audley“, entgegnete Grayson und hielt in der Bewegung inne.

„Genauso ist es!“, rief Andrews aufgebracht und erhob sich ebenfalls. Cemden Davies war ebenfalls von seinem Platz aufgestanden, blickte wütend auf Audley herab, warf die Karten vor ihm auf den Tisch.

„Geh!“, forderte Driscoll Grayson auf.

„Hier geht niemand irgendwo hin.“ Andrews zog eine Pistole aus seiner Jackentasche und richtete sie auf Audley. „Ich habe gesehen, dass er falschspielt. Er hat eine Karte aus dem Ärmel gezogen.“

„Lügner!“, rief Peer Audley, sprang auf und zog ebenfalls eine Waffe.

Bevor Grayson oder einer der anderen Männer einschreiten konnten, knallte es laut. Audley ging getroffen zu Boden. Mit leeren Augen fiel er der Länge nach auf den Rücken. Die Pistole rutschte ihm dabei aus der Hand und Grayson griff danach, damit niemand etwas damit anstellen konnte.

Thomas Andrews kam um den Tisch herum und beugte

sich über den Mann, aus dem jedes Leben gewichen war. „Hier haben wir den Beweis!“, rief er und zog zwei Karten aus dem Ärmel von Audley. „Er hat uns alle betrogen!“

Mittlerweile hatten sich mehrere Gäste um ihren Tisch geschart. „Peer!“, gellte ein Schrei durch die Menge und Madame Ruby eilte herbei. „Peer! Was ist mit dir?“ Als sie seine Leiche auf dem Boden erblickte, stürzte sie sich auf Andrews. „Sie haben meinen Jungen getötet?“, schrie sie laut auf.

„Ihren Jungen?“ Grayson verstand die Welt nicht.

„Ja, Peer Audley war mein Sohn, gezeugt mit dem verstorbenen Marquis of Goswins“, rief sie laut unter Tränen. Sie blickte an Graysons Arm hinunter und mit einer schnellen Bewegung entriss sie ihm Audleys Waffe, zielte auf Andrews. Reflexartig versuchte Grayson ihr die Pistole zu entreißen, da löste sich ein Schuss, ein zweiter folgte gleich darauf. Thomas Andrews hatte ebenfalls aus einem Reflex geschossen und Madame Ruby getroffen. Sie sackte über ihrem toten Sohn zusammen.

„Das war Notwehr!“, rief Andrews aufgebracht.

Grayson beugte sich über die Frau, hob ein Augenlid an. „Sie ist tot“, urteilte er. „Wir sollten trotzdem nach einem Arzt schicken.“

„Grayson!“

Driscolls alarmierende Stimme ließ Grayson sich umdrehen und er sah, wie Talbot an Driscolls Seite zu Boden ging, nur mit Mühe konnte dieser ihn auffangen.

„Was ist mit Lion?“, rief Grayson besorgt.

„Ich weiß es nicht.“ Driscoll schob Lions Jackett zur Seite und sah die Bescherung. Blut war auf seinem weißen Hemd zu sehen, dessen Fleck schnell größer wurde. „Er wurde getroffen. Er muss die Kugel von Madame Ruby abbekommen haben.“

„Verdammt! Wir brauchen einen Arzt!“, rief Grayson aufgeregt.

„Geh und kümmere dich um Mary, so wie abgesprochen. Ich werde Lion zu einem Arzt bringen“, erklärte Driscoll hektisch, der Lion wieder auf die Beine zog. „Wir müssen hier weg, und zwar schnellstens.“

Die Gäste des Etablissements rannten wild durcheinander, riefen und fluchten laut. Die Mädchen schrien auf.

„Aber Lion!“ Grayson deutete auf den Mann, der mühsam die Augen öffnete.

„Ich kümmere mich um ihn. Beeile dich und bringe Mary hier weg, wir verfahren wie besprochen.“

Grayson nickte und rannte los.

Ohne an die Tür zu klopfen, betrat Grayson das Zimmer, in dem Mary die Männer empfing. Erschrocken blickte sie ihn an. „Was ist da los? Ich habe Schüsse gehört.“

„Zieh dich an und pack deine Sachen ein, alles. Schnell, wir müssen los.“

„Aber was ist denn los?“, fragte sie erneut nach. „Ich hatte heute noch keinen Kunden, bist du dafür verantwortlich? Grayson, wenn ich kein Geld verdiene, wird Audley mich totschlagen.“

„Audley wird dir nie wieder etwas antun“, murmelte Grayson, damit beschäftigt, in den Schränken nachzuschauen. Endlich fand er, was er suchte und zerrte ihr Kleid aus dem Schrank. „Los, zieh dich an. Wir haben nicht viel Zeit.“ Er warf das Kleid aufs Bett.

„Nein! Ich kann hier nicht weg. Das würde Audley niemals erlauben.“

Grayson verlor langsam die Geduld. Die Sorge um Talbot brachte ihn um den Verstand. „Audley ist tot. Wir müssen hier weg, damit du nicht in einen Skandal verwickelt wirst, wenn man dich hier findet. Also beeile dich."

Erschrocken schrie Mary kurz auf und schlug sich die Hand vor den Mund, die Augen angstvoll geweitet. „Hast du … hast du ihn getötet?" Ihre Stimme war nur ein Flüstern.

„Ich? Nein, natürlich nicht. Ein Mitspieler hat auf ihn geschossen, weil Audley beim Spiel betrogen hat. Er war ein Falschspieler und hat seine gerechte Strafe bekommen. Allein schon dafür, was er dir angetan hat." Er half ihr, die Bänder der Krinoline anzulegen. Dann zog sie ihr Kleid über, das ihren Bauch, der sich bereits leicht wölbte, verdeckte.

„Aber wo soll ich denn jetzt hin?", fragte Mary verzweifelt.

„Vertraue mir. Ich weiß, du hattest in der letzten Zeit keinen Anlass dafür, mit mir zu rechnen. Doch ich bitte dich um Verzeihung, für das, was ich dir angetan habe. Du bist nicht allein, Mary. Es gibt Menschen, die dich lieben und dir helfen. Nur musst du jetzt mit mir kommen."

„Wohin?", wollte sie wissen.

„An einen sicheren Ort. Komm jetzt, wir müssen los."

„Aber ich brauche meine Sachen, ich habe doch gar nichts hier was ich mitnehmen kann", protestierte sie.

„Celeste hat eine Tasche zusammengepackt, mit allem, was du für die nächsten Wochen benötigst."

„Werde ich denn lange weg sein?" Sie sah ihn hilflos an.

„Ich fürchte ja."

KAPITEL 12

März 1851
Hamilton Place, Mayfair,
London

„Warten Sie, ich helfe Ihnen." Ein Mann fasste Lion unter den Arm und gemeinsam schleppten sie den Verletzten zu Driscolls Kutsche. Er war kaum noch bei Bewusstsein und schien große Schmerzen zu haben. Sie stiegen zu dritt ein und der Kutscher fuhr sofort los, nachdem Driscoll ihn angewiesen hatte, zum Hamilton Place zu fahren.

Sobald die Kutsche des Herzogs vorfuhr, öffnete Simon die Tür und half dabei, Talbot ins Haus zu tragen, nachdem er die Lage erkannt hatte.

„Schickt sofort nach einem Arzt", wies Driscoll ihn an. „Er soll sich beeilen."

„Sehr wohl, Euer Gnaden."

Ohne lange zu überlegen, machte sich Simon selbst auf

den Weg, den Arzt zu holen. Doktor Morris wohnte nur eine Querstraße vom Stadthaus entfernt.

VON DEN GERÄUSCHEN ANGELOCKT, kamen Celeste und Eugenie aus ihren Schlafgemächern.

„Was ist denn los?“, fragte Eugenie aufgeregt. Als sie sah, dass Lion quasi die Treppe hochgetragen wurde, wurde sie ganz bleich. „Oh mein Gott, Lion! Was ist geschehen?“, rief sie laut.

„Lion wurde angeschossen. Der Doktor ist schon unterwegs. Wir brauchen heißes Wasser und saubere Tücher.“

Celeste nickte. „Ich besorge alles!“

„Ist er schwer verwundet?“, rief Eugenie laut und lockte damit ihre Schwestern an. Valentine und Georgina kamen aus ihren Zimmern, banden die Gürtel ihrer Morgenmäntel fest zu.

„Ist was geschehen?“, wollte Georgina wissen.

„Der Marquis of Egerton wurde angeschossen.“

„Oh! Und Sie sind?“, fragte Georgina besorgt.

„Viscount Cemden Davies.“ Er verbeugte sich. „Ich habe geholfen, den Marquis hierher zu bringen.“

„Ist er schwer verletzt?“ Sie versuchte, einen Blick ins Zimmer zu werfen, doch die Sicht wurde von ihren Schwestern blockiert.

„Ist der Arzt schon benachrichtigt worden?“

Davies nickte. „Ja, es wurde schon nach ihm geschickt. Ich glaube, wir können im Augenblick nicht viel tun.“

„Aber wo wurde er angeschossen? Von wem?“

Der Viscount räusperte sich verlegen. „In einem Männerclub am Hafen.“

Georgina nickte wissend. „Sie meinen in einem Bordell.“

Als ihr bewusst wurde, was sie da gerade von sich gegeben hatte, wurden ihre Wangen rot.

„Ein Spielsalon trifft es eher“, erklärte er. „Wir wurden uns noch nicht vorgestellt. Sie wissen, wer ich bin. Darf ich fragen, mit wem ich das Vergnügen habe?“

„Lady Georgina Brisbin. Sie ist eine der Schwestern des Duke of Croyden“, erklärte Driscoll, der zu ihnen getreten war. „Ist der Doktor schon eingetroffen?“, wollte er ungeduldig wissen, als eilige Schritte auf der Treppe zu vernehmen waren.

„Ich glaube, er kommt gerade die Treppe herauf.“

Doktor Morris kam mit schnellen Schritten die Treppe herauf, gefolgt von Simon und Celeste, die einen Arm voller Handtücher trug und eine Karaffe mit heißem Wasser in der Hand hielt.

„Ihr geht am besten alle wieder in eure Zimmer“, ordnete sie an.

„Auf keinen Fall. Wir sind doch keine kleinen Kinder mehr“, widersprach Georgina.

„Vielleicht kannst du unserem Gast eine Erfrischung anbieten, damit wir uns für seine Hilfe erkenntlich zeigen.“ Celeste sah ihre Schwester bittend an.

„Natürlich. Mylord, wenn Sie mir folgen wollen.“ Georgina führte Davies hinunter in den Salon.

EUGENIE SAH DRISCOLL VERZWEIFELT AN. „Kannst du mir erklären, was geschehen ist?“ Sie blickte auf den Mann, dem ihr Herz gehörte und konnte nicht fassen, dass er mit dem Tod rang. Sie knetete ihre Hände, die Unsicherheit brachte sie um den Verstand.

„Wir waren in einem Spielsalon, um Peer Audley auf den Zahn zu fühlen, dann gab es einen Streit, man beschuldigte ihn des Falschspiels, was sich auch bestätigte. Er zog eine Waffe, Schüsse fielen und Audley wurde tödlich getroffen. Dann kam Madame Ruby, die Besitzerin des Clubs, und schoss auf den Angreifer, weil Audley ihr Sohn war, verfehlte ihn aber, und Talbot wurde getroffen.“ Driscoll sprach leise, während der Doktor und Celeste sich um Lion kümmerten.

„Aber warum wart ihr überhaupt dort und wo ist eigentlich Grayson?“ Eugenie sah sich fragend um, als erwartete sie, dass ihr Bruder jeden Moment im Türrahmen erschien.

„Er bringt Mary in Sicherheit. Das alles ist eine lange Geschichte und ich denke, wir sollten auf Graysons Rückkehr warten.“

Ihr schien, als fühlte sich Driscoll nicht wohl in seiner Haut.

„Was ist hier los, Driscoll. Sprich mit mir“, forderte sie.

„Wir sollten uns erst einmal um Lion kümmern“, wich er ihr aus.

Verwirrt nickte Eugenie. „Ja, natürlich. Nur sollten wir den Doktor seine Arbeit machen lassen und nicht im Weg stehen.“ Sie blicke zu dem Bett hinüber, wo Celeste und der Doktor eifrig hantierten und leise miteinander sprachen. „Ich kann nur für Grayson hoffen, dass Lion das überlebt“, murmelte Eugenie und sah Driscoll dabei tief in die Augen. „Ich wusste, dass etwas geschieht und wollte ihn nicht gehen lassen. Warum nur hat er nicht auf mich gehört?“

„Weil Grayson ihn darum gebeten hat. Es war ein Unglück, Eugenie. Du kannst Grayson dafür nicht die Schuld geben. Audley hat Mary gezwungen für ihn Geld anzuschaffen, indem sie Männer in einem Zimmer empfangen musste“, rückte er nun doch mit der Sprache raus.

„Was?“ Eugenie traute ihren Ohren nicht, doch der Herzog nickte bejahend. „Er war ein durch und durch schlechter Mensch und wenn du mich fragst, ist es nicht schade um ihn, dass er diese Welt verlassen hat. Er war der Sohn einer Hure und der uneheliche Sohn eines Marquis, der ihn jedoch anerkannt hatte. Dies alles hat er verheimlicht und gehofft, durch eine Heirat an Ansehen zu gewinnen. Doch seine Spielsucht hat seine Frau nur ins Verderben gestürzt."

„Die arme Mary. Wo bringt Grayson sie hin? Zu ihrer Familie?"

Driscoll schüttelte den Kopf. „Nein, er bringt sie zu einem Landsitz in den Norden, der mir gehört. Weit weg von London. Dort kann sie in Ruhe das Kind zur Welt bringen."

„Mary ist schwanger?" Eugenies Augen weiteten sich.

Beschämt biss sich Driscoll auf die Unterlippe. Er hatte das wohl nicht erwähnen sollen und die Worte waren ihm unbedacht über die Lippen geglitten. Er blickte sich unsicher im Raum um, nur nicht Eugenie an.

„Sag es mir, Driscoll. Was ist los?", bedrängte sie ihn.

Er nickte. „Ja, Mary ist schwanger und Grayson ist der Vater des Kindes."

Eugenie holte hörbar Atem. „Weiß Celeste Bescheid?", fragte sie leise.

Erneut nickte Driscoll. „Ja, natürlich. Ich habe keine Geheimnisse vor meiner Frau." Er blickte hinüber und sein Blick veränderte sich, etwas Liebevolles trat hinein.

Eugenie berührte seinen Arm. „Du bist so ein guter Mann, Driscoll. Ich könnte mir keinen besseren Ehemann für Celeste vorstellen. Ich kann nur hoffen, dass ich die Gelegenheit bekomme, Lion ebenso eine Frau zu sein. Er darf nicht sterben, nicht bevor er unser Kind zu Gesicht bekommen hat."

Driscoll erstarrte. „Heißt das …?"

Eugenie nickte. „Ja, ich bin auch schwanger. Wenn er das nicht überlebt, ist das mein Ende." Tränen traten ihr in die

Augen und Driscoll hob die Hand zu einer hilflosen Geste, dann strich er sich über das Haar.

„Verdammt“, murmelte er, „Lion ist ein starker Mann. Er hat schon ganz andere Schlachten geschlagen und diese hier wird er auch überleben. Da bin ich mir sicher.“

KAPITEL 13

März 1851
Locke Park Down
In der Nähe von Barnsley

Zwei Tage dauerte die Reise nach Locke Park Down, dem Landsitz des Duke of Leeds im Norden. Nachdem ihre Tränen versiegt waren, verbrachte Mary die gesamte Reise schweigend. Grayson ließ sie in Ruhe trauern. Auch wenn Audley ein Mistkerl gewesen war, so war er immerhin ihr Ehemann und hatte Mary einen gewissen Rang in der Gesellschaft gesichert. Nun war sie Witwe, und wenn sie keinen Sohn zur Welt brachte, würde der Titel an den nächsten Verwandten gehen und sie mittellos dastehen, obwohl ihr Mann eh alles verspielt hatte. Natürlich würde ihre Familie für sie da sein, doch sie konnte kaum wieder zu Hause einziehen, schon gar nicht mit einem Kind. Grayson würde sich um Mary kümmern, so sie es denn zuließ. Im Augenblick beachtete sie ihn kaum und er wusste nicht, wie sie von ihm dachte oder wie er sie trösten konnte. So lange er auch keine Kenntnis davon hatte, wie es Lion ging, hielt er sich mit Informationen darüber zurück, dass dieser angeschossen worden und schwer verletzt war. Er wusste ja nicht einmal, ob Talbot noch am Leben war. Jedoch hoffte er es inständig, allein für seine Schwester. Er hatte sich in dem Marquis of Egerton geirrt. Er war ein guter Mann und er wünschte sich nichts mehr, als dass er überlebte und seine Schwester zur Frau nahm. Allerdings war ihm klar, dass eine baldige Hochzeit wohl nicht infrage kam.

DER LANDSITZ WAR ein ansehnliches Haus und man erwartete sie bereits, da Driscoll eine Nachricht vorausgeschickt hatte, damit alles vorbereitet war, wenn Mary eintraf. Es wurde von Mrs. Winter geführt, einer älteren rundlichen Frau mit einem einnehmenden Wesen. Ihr Mann kümmerte sich um die Ställe und die Außenanlagen. Dann gab es noch eine Köchin und zwei Dienstmädchen und einen Butler. Völlig ausreichend, um es Mary hier so angenehm wie möglich zu machen.

Zum ersten Mal zeigte sich ein kleines Lächeln auf ihren Lippen, seit sie London verlassen hatten.

„Das sieht alles sehr schön aus“, bemerkte sie, als Mrs. Winter sie durch die Räume führte. „Ich benötige nicht viel und hoffe, ich werde Ihnen nicht zu viele Umstände machen.“

Mrs. Winter lächelte nachsichtig. „Dafür sind wir ja hier, Mylady. Wir sind froh, dass wir endlich wieder Leben im Haus haben und uns um jemanden kümmern können. Seine Gnaden kommt einfach zu wenig in den Norden.“

„Ich denke, dass der Duke of Leeds mit meiner Schwester demnächst seinen Besuch ankündigen wird“, erklärte Grayson.

„Mein Mann wird sofort das Gepäck auf ihr Zimmer bringen“, sagte Mrs. Winter.

„Ich bitte um getrennte Zimmer. Der Duke of Croyden ist lediglich ein guter Freund, der mich hierher begleitet hat“, erklärte Mary ohne Umschweife.

„Oh, natürlich. Ich dachte … bitte entschuldigen Sie, Mylady.“

„Das ist doch kein Problem und wir haben es jetzt geklärt.“ Mary nickte ihr wohlwollend zu. „Wenn Sie mir nun mein Zimmer zeigen würden, ich bin müde von der langen Reise und möchte mich gerne ein wenig ausruhen.“

„Sehr wohl Mylady. Ist es Ihnen recht, dass wir das Essen um neunzehn Uhr servieren?“ Sie blickte Grayson an.

„Natürlich. Halten Sie alles so, wie Sie es gewohnt sind. Ich werde mich derzeit im Stall umsehen.“ Grayson machte auf dem Absatz kehrt und ließ Mary einfach stehen.

GRAYSON SAH sich auf dem Gut ein wenig um und musste feststellen, dass die Angestellten alles gut in Schuss gehalten hatten. Es war wirklich schade, dass es so weit im Norden lag, fernab von London, und Driscoll es so wenig nutzte.

Zum Abendessen zog er sich um und als er das Esszimmer betrat, saß Mary bereits am Tisch und wartete auf ihn. „Wir sind wohl nur zu zweit“, sagte sie mit sanfter Stimme.

Grayson nickte und setzte sich ihr gegenüber, anstatt ans andere Ende des Tisches, wo für ihn gedeckt war. „Ich denke, so ist es ein wenig gemütlicher.“

Henry, der Butler, machte sich beflissen an die Arbeit, Teller, Gläser und Besteck vor Grayson abzulegen.

„Ich denke, du bist wahrlich eine größere Runde gewöhnt“, sagte Mary, ohne ihm in die Augen zu sehen.

Sie wollte belanglose Konversation treiben, denn wie es zu den Mahlzeiten auf Croyden Manor zuging, wusste sie schließlich. Immerhin hatte sie im Sommer lange genug dort gewohnt, um genau zu wissen, wie und wann er seine Mahlzeiten einnahm.

„Wie geht es Eugenie und den anderen Mädchen? Sie wird doch bald heiraten."

„Die Hochzeit muss verschoben werden, wenn sie überhaupt stattfindet", erklärte Grayson und nahm Fleisch von der Platte, die Henry ihm reichte. Er füllte seinen Teller mit Spießbraten, Kartoffeln, grünem Gemüse und ein wenig Soße. Den ganzen Tag hatte er noch nichts gegessen und jetzt, wo ihm der Duft des guten Essens in die Nase stieg, konnte er seinen Hunger kaum noch bändigen.

Mary nahm von allem nur ein wenig. Sie sah besser aus, nachdem sie wohl ein wenig geschlafen hatte. „Warum das?", fragte sie überrascht.

„Weil ich nicht weiß, ob Talbot es überleben wird. Er wurde im Red George angeschossen, bei dem Unternehmen dich dort herauszuholen. Mir liegen noch keine Nachrichten vor. Ich kann nur hoffen, dass er überlebt. Ansonsten wird mir Eugenie das nicht verzeihen." Er blickte Mary direkt in die Augen.

Vor Schreck ließ sie das Messer fallen und schlug sich die Hand vor den Mund. „Um Himmels willen! Warum hast du nichts gesagt?", fragte sie gekränkt. „Du hättest es mir sagen müssen."

„Du warst schon aufgewühlt genug. Das konnte ich nicht verantworten", gab er zu.

„Er wurde meinetwegen verletzt, wenn nicht sogar getötet. Wie konntest du mir das nur verschweigen. Wir hätten London niemals verlassen dürfen. Wir sollten sofort zurückkehren." Sie wollte sich erheben, doch Grayson hielt sie auf.

„Nein, das wäre keine gute Idee und du weißt das. Dein Mann war der Sohn einer Hure und du solltest dich nicht dem Gespött des *ton* aussetzen. Es wird ohnehin noch schwer genug für dich als seine Witwe. Hier ist ein besserer Ort für dich. Vertraue mir. Ich denke, dass Driscoll eine Nachricht schicken wird, sobald er Genaues weiß."

„Sollte Lion das nicht überleben, wird mir Eugenie das nie verzeihen", murmelte Mary und sah Grayson traurig an. „Ich selbst werde mir das nie verzeihen. Ich bin dir sehr dankbar, Grayson, für das, was du für mich und mein Kind getan hast, aber war es das alles Wert?"

„Natürlich war es das", erklärte Grayson bestimmt und schnitt sein Fleisch in Stücke. „Deine Familie hätte es mir niemals verziehen, wenn sie dahintergekommen wäre, wie Audley dich behandelt hat und ich nicht eingeschritten wäre."

„Meine Familie." Mary sah aus, als erinnerte sie sich erst jetzt daran, dass sie Eltern und Brüder hatte, die ihr mit Sicherheit hilfreich zur Seite stehen würden.

„Ich habe deinem Vater eine Nachricht zukommen lassen, wo du dich aufhältst und dass du in Sicherheit bist. Du brauchst dir also um deine Familie keine Sorgen zu machen. Hier im Norden kannst du in Ruhe unser Kind bekommen."

„Unser Kind?", fragte sich spöttisch. „Seit wann ist es auch dein Kind? Du warst dir doch so sicher, dass du nicht der Vater bist." Sie legte ihr Besteck zur Seite und sah ihn bitter an. Der Appetit schien ihr wohl vergangen zu sein, obwohl sie heute auch nicht viel gegessen hatte.

„Iss etwas. Du musst nicht nur an dich denken." Grayson schob den Teller zu ihr hin.

„Ich weiß selbst, was gut für mich ist. Das musst du mir nicht erklären. Wenn du der Ansicht bist, dass ich bis zur

Geburt des Kindes hier im Norden bleiben soll, wäre es angebracht, dass du in den nächsten Tagen zurück nach Croyden Manor fährst. Ich werde dich zu gegebener Zeit unterrichten, ob ich einen Sohn oder eine Tochter geboren habe.“ Mit diesen Worten erhob sich Mary und verließ den Raum.

Grayson machte keine Anstalten, ihr zu folgen. Vielleicht wäre es wirklich für alle das Beste, wenn er nach Hause fuhr. Mary musste sich erst einmal mit dieser neuen Lage zurechtfinden. Es war nicht einfach für sie und wenn er noch länger blieb, regte sie das nur zusätzlich auf.

SCHON FRÜH AM nächsten Morgen ließ Grayson ein Pferd satteln. Er würde nach Croyden Manor reiten, so kam er schneller voran, als wenn er die Kutsche nahm. Die Sonne war gerade erst aufgegangen, da klopfte er bereits an Marys Tür. Es dauerte einen Moment, bis sie die Tür öffnete.

„Grayson! Ist etwas passiert?“ Sie sah ihn besorgt an.

„Nein. Ich wollte dir nur Bescheid sagen, dass ich mich auf den Weg nach Croyden Manor mache. Ich muss wissen, wie es um Lion bestellt ist.“ Er blickte auf Mary hinunter und stellte mal wieder fest, wie klein und zierlich sie doch war, trotz des wachsenden Bauches.

„Natürlich. Bitte richte ihm meinen Dank aus und ich schicke ihm liebe Genesungswünsche mit.“

Er nickte. „Ich werde das Pferd nehmen, dann hast du die Kutsche zu deiner Verfügung.“

„Aber sie trägt dein Wappen, das kann ich nicht annehmen.“

„Als Freundin der Familie kannst du das. Wann wird das Kind kommen?“ Die Worte kamen ihm nur ungelenk über die Lippen.

„Ich denke, im August wird es so weit sein."

„Gut. Mrs. Winter weiß Bescheid und hat Anordnungen von mir erhalten und genug Geld, damit du gut versorgt bist. Pass auf dich auf." Grayson hob eine Hand, als wollte er sie berühren, doch dann verließ ihn der Mut und er ließ seine Hand wieder sinken. „Wir sehen uns bald wieder." Damit machte er auf dem Absatz kehrt und ging zur Treppe.

„Grayson!", rief Mary hinter ihm her und machte einen Schritt auf ihn zu, doch als sie seinen düsteren Blick sah, hielt sie inne. „Vielen Dank für alles, was du für mich getan hast. Sei vorsichtig, Grayson."

„Lebewohl", murmelte er und lief die Treppe hinunter.

Als er das Pferd bestieg und zum Fenster hinaufsah, entdeckte er Mary, die ihn beobachtete. Was war er doch für ein feiger Idiot! Sie hob die Hand, um ihm zum Abschied zu winken. Er nickte ihr zu und gab dem Pferd die Sporen.

KAPITEL 14

März 1851
Hamilton Place, Mayfair,
London

Eugenie blickte Doktor Morris hilflos an. Sie hatte Angst vor seiner Antwort auf ihre Frage. Vor wenigen Minuten hatte sie ihn gefragt, ob Lion überleben würde und Doktor Morris sah sie auf eine gewisse Weise an, die ihr Angst machte.

„Das kann ich Ihnen nicht genau sagen, Lady Brisbin, das werden die nächsten Stunden zeigen. Die Kugel hat sein Herz nur knapp verfehlt, aber er hat eine Menge Blut verloren. Ich konnte die Kugel entfernen und wir müssen nun beten, dass er sich erholt und kein Fieber bekommt. Ihre Schwester, die Duchess of Leeds, war mir eine große Hilfe. Jetzt können wir nichts weiter tun, als abzuwarten. Der Marquis hat eine ausgezeichnete Kondition, er ist jung. Ich denke, er wird wieder auf die Beine kommen, auch wenn es einige Zeit in

Anspruch nehmen wird. Er hat wirklich Glück gehabt und wollen wir hoffen, dass sein Glück noch ein wenig anhält. Er wird in den nächsten Tagen schlafen. Achten Sie bitte darauf, dass er Ruhe hat und sollte er Fieber bekommen, schicken Sie nach mir. Egal wann.“

Kurz schloss Eugenie die Augen. Das war mehr, als sie erwartet hatte. „Danke, Doktor, für Ihre Hilfe und alles, was Sie für meinen Bräutigam getan haben. Ich werde für ihn sorgen und auf ihn achten.“ Sie drückte dankbar seine Hand.

„Das ist das Einzige, was wir tun können. Den Rest muss er allein erledigen.“

EUGENIE SAß an seinem Bett wie schon seit Tagen. Sie blickte auf den schlafenden Mann hinunter und dachte daran, dass sie jetzt schon seine Ehefrau wäre. Sie würden gemeinsam in dem kleinen Haus auf Watford Hall nahe der neuen Stallung leben. Doch stattdessen saß sie an seinem Bett und hoffte, dass er nicht aufhören würde zu atmen. Das gefürchtete Fieber war bisher ausgeblieben, was sie als gutes Zeichen wertete. Trotzdem war er bisher nicht wieder zu Bewusstsein gekommen.

In regelmäßigen Abständen leisteten ihre Schwestern ihr Gesellschaft oder der Duke of Leeds löste sie ab, damit Eugenie ein wenig schlafen konnte. Jedes Mal schreckte sie dabei aus einem Albtraum auf. Richtigen Schlaf fand sie nicht, dafür war ihre Sorge um Lion viel zu groß.

Sie hatte angefangen, ihm aus einem Gedichtband vorzulesen, und hoffte, dass ihre leise Stimme ihn wieder aufwecken würde. Als ein Klopfen an der Tür zu vernehmen war, hielt sie kurz inne, klappte dann den Gedichtband zu, legte ihn auf dem Nachttisch ab.

„Ja bitte?“, sagte sie leise und erhob sich. Nur das

Rascheln ihrer Röcke war zu hören. Hinter der Tür kam ihr Bruder zum Vorschein.

„Grayson, du bist wieder da?“, flüsterte sie und warf sich ihm in die Arme. Tränen der Erleichterung traten ihr in die Augen. „Seit wann?“

„Ich bin gerade aus Barnsley angekommen. Wie geht es Lion?“ Er drückte sie fest an sich, was Eugenie überraschte, denn diese Art von Nähe ließ er sonst immer nur über sich ergehen, aber erwiderte sie nicht.

„Er lebt und mit jedem Tag scheint mehr Leben in seinen Körper zurückzukehren. Aber er ist bisher noch nicht aufgewacht. Doch wir dürfen nicht zu ungeduldig sein. Die Kugel hat ihn schwer getroffen, er hat viel Blut verloren und braucht die Ruhe. Aber nun zu dir, wie geht es Mary?“

Grayson trat an das Bett, in dem Lion lag, ohne ihre Frage zu beantworten. Er blickte auf Talbot hinunter, dessen Züge entspannter wirkten, als noch vor einigen Tagen.

„Eugenie, es tut mir leid … das mit Lion und der Hochzeit, die nun nicht stattgefunden hat.“ Grayson blickte sie entschuldigend an.

Vorsichtig berührte sie ihn am Arm. „Die Hochzeit ist nur aufgeschoben, sie wird stattfinden, sobald Lion in der Lage ist, auf seinen Beinen zu stehen. Sag mir, wie es Mary geht.“

Grayson bis die Lippen zusammen. „Sie hat das alles nicht gut aufgenommen.“

„Und dann hast du sie in ihrem Zustand allein gelassen?“

Sein Blick erstarrte.

„Driscoll hat mir alles erzählt, auch von dem Kind und wer der wirkliche Vater ist. Grayson, du musst dich um Mary kümmern“, beschwor sie ihn.

„Mary will das nicht. Sie hat mich weggeschickt. Ich hielt es für das Beste, sie nicht weiter aufzuregen, in ihrem

Zustand sollte sie sich schonen. Es ist wohl besser, wenn Driscoll und Celeste an meiner statt, zu ihr fahren."

„Wie sind deine Absichten? Willst du Mary heiraten, jetzt wo sie wieder frei ist? Natürlich nachdem ihr die Trauerzeit abgewartet habt."

Grayson machte einige Schritte zur Tür und als Eugenie schon dachte, dass sie keine Antwort mehr auf ihre Frage erhalten würde, drehte er sich noch einmal um. „Diese Frau hat in einem Bordell gearbeitet." Seine Stimme hatte jegliche Wärme verloren.

„Aber wohl kaum freiwillig. Weißt du, es gibt immer die einen, die nehmen und die anderen, die geben. Was wäre ein Bordell, wenn es keine Frauen gäbe, die den Männern dort die Zeit vertreiben? Hast du die Dienste dieser Frauen noch nie in Anspruch genommen?" Als er nicht antwortete, schnaufte sie. „Für euch Männer von Stand ist es in Ordnung, wenn ihr ein Bordell besucht, aber ihr schaut mit Verachtung auf die Frauen hinunter, die euch dort bedienen. Was für eine Doppelmoral." Verachtung lag in ihrem Blick. „Im Übrigen solltest du beten, dass Lion bald aufwacht und wir heiraten können. Ich bin ebenfalls schwanger und bekomme sein Kind. Ich kann nur hoffen, dass er das überlebt, damit ich keine Schande über deine Familie bringe."

GRAYSON HATTE sich in sein Arbeitszimmer zurückgezogen und trank bereits sein zweites Glas Scotch. Niemand hatte ihn darauf vorbereitet, was alles dazugehörte, die Verantwortung für eine Familie zu übernehmen. Wie hatte das nur sein Vater hinbekommen? War er vielleicht nicht stark genug? Hätte er Mary nicht alleinlassen dürfen? Aber sie hatte ihn doch weggeschickt. Es fühlte sich fast so an, als wäre sie ihm böse, dass er sie gerettet hatte. Wer verstand schon die Frauen und was in ihren Köpfen vorging?

Die Tür öffnete sich und Driscoll betrat den Raum. „Lust auf ein wenig Gesellschaft?“, fragte er, obwohl er wohl keine Antwort erwartete. Zielstrebig ging er auf den Tisch zu und goss sich ebenfalls ein Glas ein.

„Lass uns auf Lion trinken und dass er bald wieder aufwacht.“ Driscoll hob sein Glas an die Lippen und nippt an dem Brandy, den er sich eingegossen hatte.

„Eugenie ist schwanger“, sagte Grayson in den Raum hinein.

Driscoll nickte. „Ich weiß. Sie hat es mir erzählt. Ein Grund mehr, dass Talbot schnell wieder auf die Beine kommt.“

„Granny hat mir mit ihrem Testament wahrlich keine Freude gemacht“, brummt Grayson und seine Worte kamen langsam über die Lippen, was davon zeugte, dass er schon einiges getrunken hatte.

„Ziehst du in Erwägung auf das Erbe zu verzichten?“ Driscoll setzte sich Grayson gegenüber.

Dieser hob die Schultern. „Ich bin wahrlich nicht auf das Geld angewiesen. Aber ich möchte nicht, dass die Mädchen auf ihre Mitgift verzichten müssen.“

„Wie geht es Mary? War auf Locke Park Down alles zu ihrer Zufriedenheit?“

„Ja, ein wirklich schöner Landsitz. Schade, dass er so weit im Norden liegt. Mit der Kutsche ist er nicht in einem Tag zu erreichen.“

„Ja, er gefällt mir auch, aber ich habe mich dazu entschlossen mich hier niederzulassen, weil ich weiß, wie sehr Celeste ihre Familie am Herzen liegt. Sie in den Norden zu bringen, wäre vermutlich die reinste Folter für sie.“

„Du tust es aus Liebe zu Celeste?“

„Natürlich!“, gab Driscoll unumwunden zu. „Im Gegensatz zu vielen anderen Männern liebe ich meine Frau und würde alles für sie tun.“

„Ich würde auch alles für Mary tun“, sagte Grayson nachdenklich.

„Dann würde ich sagen, dass du sie liebst.“

Grayson lachte leise auf. „Und wenn schon. Sie verachtet mich und wird meinen Antrag womöglich niemals annehmen.“

KAPITEL 15

April 1851
Hamilton Place, Mayfair,
London

Edith besuchte jeden Morgen ihren Vater und erzählte ihm von ihrem Vortag. Sie hatte mittlerweile eine Kinderfrau, die sich rührend um sie kümmerte. Ebenso beschäftigte Eugenie sich mir ihr, ging mit ihr im Hyde Park spazieren, spielte mit Edith und Emma, wann immer es die Zeit zuließ.

„Papa sollte sich rasieren, er kratzt so“, erklärte die Kleine, als sie sich mit einem Kuss auf der Wange von ihm verabschiedete.

„Ja, du hast recht“, meinte Eugenie, „er sieht schon sehr wüst aus. Vielleicht sollte ich das übernehmen.“

„Damit er wieder schön ist, wenn er aufwacht.“ Edith sah sie mit großen Augen an und Eugenie sah sich gezwungen zu nicken. Sie wünschte, sie könnte die Zuversicht des

Mädchens teilen. Doch je länger Lion bewusstlos war, umso mehr schwanden ihre Hoffnungen. Nun waren es fast drei Wochen, doch sie verweigerte sich einzugestehen, dass auch die Möglichkeit bestand, dass er nie wieder aufwachen würde.

Miss Everdeen nahm Edith an die Hand und führte sie aus dem Raum. „Komm Edith, es ist Zeit für das Frühstück."

Als sich die Tür schloss, sah Eugenie sich suchend um. Der Raum wirkte auf sie trostlos. Alles war düster und freudlos. Sie ging hinüber zu den beiden Fenstern und zog die Vorhänge zur Seite. Seit Lion hier lag, waren sie geschlossen geblieben. Warum eigentlich? Etwas Sonnenlicht würde ihn bestimmt nicht stören. Der Himmel war makellos blau und es sah nach einem schönen Frühlingstag aus. Vorsichtig öffnete Eugenie ein Fenster, um frische Luft ins Zimmer zu lassen. Das würde nicht nur ihm guttun. Auch sie konnte ein wenig Wärme gebrauchen.

Dann machte sie sich ans Werk und rührte mit dem Pinsel Rasierschaum an. Sie hatte das früher immer für ihren Vater getan und ihm gerne dabei zugesehen, wenn er sich rasierte. Damals war sie noch ein kleines Kind gewesen. Jetzt war sie eine erwachsene Frau und würde bald einen Mann haben, den sie dabei beobachten konnte. Auch wenn es nicht schicklich war bei der Morgentoilette anwesend zu sein. Ihre Eltern hatten ihr gelehrt, dass körperliche Nähe und Geborgenheit so wichtig waren. Dass eine Familie zusammenhalten musste, nicht nur in den guten Zeiten, sondern auch wenn es einmal schwer wurde. Eugenie fragte sich, wann Grayson zu einem Mann herangewachsen war, der alle immer auf Abstand hielt und keine körperliche Nähe zuließ oder gar Gefühle zeigte. Lag es daran, dass er die Verantwortung für alle trug? Dass er so früh, nach Vaters Tod den Titel tragen und alle Verpflichtungen, die damit einhergingen, erfüllen musste?

Alleine! Sie hatte noch ihre vier Schwestern mit denen sie sich austauschen konnte, Grayson hatte niemanden. Sie hätte gerne gewusst, wie er als Kind gewesen war. Doch Grayson war elf Jahre älter als sie und schon fast erwachsen gewesen, in den ersten Erinnerungen, die sie von ihm hatte.

Mit einem Lächeln holte sie das Rasiermesser aus dem anliegenden Zimmer, zusammen mit einer Schüssel Wasser und dem Behälter mit dem Rasierschaum. Vorsichtig legte sie Lion ein Handtuch auf die Brust.

„So mein lieber Bräutigam. Jetzt geht es dir an den Kragen. Und ich will keine Beschwerden später hören. Wenn dir meine Rasur nicht gefällt, solltest du gefälligst aufwachen und es selbst erledigen“, murmelte sie vor sich hin und hielt inne, als sie das Messer ansetzen wollte.

Tränen traten ihr in die Augen. Würde er jemals wieder selbst das Messer führen können. Würde er sie je wieder halten und an sich drücken können? Sie küssen und lieben? Sie gar zu seiner Frau nehmen können? Die Sicht verschwamm ihr vor Augen und sie wischte die Tränen von ihren Wangen und zog ganz ungeniert die Nase hoch. Was hatte der Doktor noch gesagt? Sie dürfe den Mut nicht verlieren und muss Geduld haben. Sie würde auf ihn warten, und wenn es bis zum Ende ihrer Tage dauern würde.

Mit einem Zipfel des Handtuchs wischte sie ihre Tränen fort und damit kehrte auch ihr Mut zurück.

Vorsichtig setzte sie das Messer an und strich mit langsamen Zügen über die Haut der Wange. Gleichmäßig in eine Richtung. Sie wollte ihm auf keinen Fall eine Verletzung zufügen und durch eine Unachtsamkeit schneiden. Hier und da zog sie seine Züge glatt, um auch alle Stoppeln zu erwischen. Nach der Hälfte wechselte sie die Seite, nahm sich seine rechte Gesichtshälfte vor. Auch hier arbeitete sie mit gleichmäßigen Zügen, wischte das Messer immer wieder am

Handtuch ab. Als sie nach einer Weile fertig war, schien es ihr, als lächelte Lion. Zumindest tauchte jetzt wieder der gutaussehende Mann auf, in den sie sich augenblicklich verliebt hatte.

„Jetzt bist du wieder mein Marquis Wunderschön“, raunte sie ihm zu und küsste zärtlich seine Lippen. Als diese zuckten und sich zu einem Kuss formten, erschrak sie und glitt zurück.

„War ich das denn nicht die ganze Zeit?“, murmelte Lion leise und seine Stimme war rau und kratzig.

„Lion! Du bist erwacht? Ich kann es nicht glauben“, rief sie laut und war sich nicht sicher, ob ihr Ton sich nach Freude oder Anklage anhörte. „Um Gotteswillen! Du bist endlich erwacht.“

Langsam schlug er die Augen auf und blickte Eugenie an. Er versuchte sich an einem Lächeln, doch dann verließ ihn schon die Kraft.

„Wie geht es dir, mein Liebster?“ Eugenie nahm seine Hand und führte sie an ihren Mund. Drückte kleine Küsse darauf. „Ich werde nach dem Doktor schicken lassen.“

Sie wollte sich erheben, doch Lion hielt sie fest. „Warte, noch nicht. Bleib einfach hier sitzen, ich will dich noch ein wenig ansehen.“

„Nicht sprechen, das strengt dich zu sehr an. Du hast sehr viel Blut verloren und warst lange ohne Bewusstsein. Du musst dich in den nächsten Tagen noch sehr schonen. Weißt du, was geschehen ist?“

Lion musste einen Augenblick überlegen, dann nickte er leicht. „Ja, man hat auf mich geschossen.“

„Ja genau. Die Kugel verfehlte um Haaresbreite dein Herz, aber du hast es überlebt. Doktor Morris konnte die Kugel entfernen und jetzt wirst du gefälligst wieder gesund werden, damit du mich heiraten kannst.“ Sie zog die

Augenbrauen zusammen und sah ihn finster an. Dann lachte sie. „Ich bin so glücklich, dass du endlich erwacht bist, Lion. Du hast keine Ahnung, wie sehr." Sie beugte sich vor und gab ihm einen kleinen Kuss auf die Lippen.

„Das habe ich vermisst. Deinen Duft, den Klang deiner Stimme und die Wärme deiner Haut." Er sprach leise und dann fielen ihm die Augen wieder zu. Die gleichmäßig ruhigen Atemgeräusche verrieten Eugenie, dass er nur schlief und sie sich keine Sorgen machen musste.

ALS LION das nächste Mal erwachte, war es bereits später Nachmittag. Sie hatte die Fenster wieder geschlossen, weil es gegen Abend noch empfindlich kalt wurde, aber der Duft einer frischen Frühlingswiese lag in der Luft. Sie hatte im Garten einen Strauß Blumen gepflückt und in eine Vase drapiert. Sie bemerkte erst, dass Lion wach war, als er sie mit den Augen verfolgte, wie sie durch das Zimmer lief die Vorhänge zuzog, obwohl das eine Aufgabe der Dienstmädchen war.

„Nein, bitte lass sie auf. Ich möchte die Sterne sehen", wies Lion sie an.

Mit einem Lächeln zog sie den schweren Brokatstoff wieder zurück. „Es ist noch nicht dunkel, daher gibt es noch keine Sterne. Aber die Nacht wird klar und bald werden wir sie sehen können", erklärte Eugenie und setzte sich zu ihm auf das Bett. „Der Doktor wird bald eintreffen. Ich habe nach ihm geschickt. Möchtest du etwas, kann ich etwas für dich tun?"

„Ich habe Durst."

Sie war sich unsicher, ob er schon etwas trinken durfte, aber ein kleiner Schluck Wasser würde ihn wohl nicht umbringen. Sie goss ein Glas ein und hielt es an seine Lippen, mit der anderen Hand stützte sie Lion, damit er sich vorbeugen konnte, um zu trinken. Er nahm nur einen kleinen Schluck und lehnte sich dann zurück.

„Vielen Dank."

„Dir geht es besser. Deine Hautfarbe ist nicht mehr ganz so fahl", beurteilte sie und lächelte ihn milde an. „Trotzdem bist du immer noch der schönste Mann, den ich kenne."

Er lächelte und schloss die Augen, schlief aber diesmal nicht ein. Mit dem Daumen strich er über ihren Handrücken und in dieser Geste lag so viel Gefühl, dass es Eugenie ganz warm ums Herz wurde. Sie wusste, jetzt würde alles gut werden und bald würde der Zeitpunkt gekommen sein, dass sie ihm mitteilen konnte, dass sie in freudiger Erwartung war. Eugenie war sich sicher, dass sie einen Erben für den Titel gebären würde. Es konnte gar nicht anders sein. Sie hoffte, dass sie ihn mit dieser Nachricht zu einem glücklichen Mann machen würde.

Ein Klopfen an der Tür erklang, und Simon kündigte die Ankunft des Doktors an.

„Lord Egerton, welch eine Freude, sie so munter zu sehen. Das ist wirklich eine freudige Nachricht. Wenn ich sie kurz untersuchen dürfte?" Er sah Eugenie auffordernd an, damit diese den Raum verließ.

„Doktor, ich werde in Kürze den Marquis heiraten, ich habe Tage um ihn gebangt, Sie glauben doch nicht, dass mich ein nackter Männerkörper jetzt abschrecken wird." Sie blickte ihn selbstbewusst an.

Da Doktor Morris wohl keine Lust hatte, sich ein Gefecht mit ihr zu liefern, nickte er. „Natürlich, Lady Brisbin. Sie können mir behilflich sein, seine Lordschaft aufzurichten. Er wird bestimmt noch Schmerzen haben."

Gemeinsam machten sie sich daran, dass Lion sich

aufsetzte, und der Doktor untersuchte ihn, mehr als eine halbe Stunde.

„So wie es aussieht, geht es Mylord den Umständen entsprechend gut. Er hat natürlich an Kraft verloren und muss sich noch einige Wochen erholen, aber ich denke, er wird genesen. Die Wunde sieht gut aus und hat sich nicht entzündet. Ich werte das alles als sehr positiv.“ Doktor Morris sah abwechselnd von einem zum anderen.

Eugenie reichte ihm lächelnd die Hand und drückte sie. „Oh, ich bin so glücklich. Vielen Dank für Ihre Hilfe. Bitte schicken Sie Ihre Rechnung an den Duke of Coryden. Er wird sich darum kümmern.“

„Sehr wohl, Mylady. Mylord, ich darf mich empfehlen.“ Doktor Morris verbeugte sich und verließ das Zimmer.

DASS LION ERWACHT WAR, verbreitete sich wie ein Lauffeuer im Haus und alles wollte zu ihm. Eugenie musste darauf achten, dass es ihm nicht zu viel wurde. Zuerst ließ sie Edith vor, die ihren Vater um den Hals fiel.

„Mein Engel, du bist schon wieder gewachsen“, sagte er gerührt.

„Ja, und ich habe auch ein neues Kleid erhalten. Eugenie hat es für mich anfertigen lassen. In einem richtigen Laden“, erzählte Edith stolz.

Lion warf Eugenie einen dankbaren Blick zu.

„Und Miss Everdeen kümmert sich den ganzen Tag um mich“, plapperte Edith aufgeregt weiter.

„Miss Everdeen?“

„Ja, Sie ist mein Kindermädchen und wir spielen zusammen und sie bringt mir das Lesen und Schreiben bei.“

Lion sah verwundert zu Eugenie.

„Grayson hat sie angestellt, damit sich jemand um Edith

kümmern kann. Er will auch nach dem Sommer einen Hauslehrer einstellen“, berichtete sie vorsichtig. „Ich hoffe, es ist dir recht?“

„Aber wie soll ich das bezahlen?“ Seine Züge verhärteten sich.

„Gar nicht. Edith gehört bald zur Familie und es ist Graysons Aufgabe sich um die Familie zu kümmern. Mach dir bitte darum keine Gedanken, mein Liebster.“

Edith begann zu kichern.

„Warum lachst du, mein Kind. Du weißt doch, dass ich Eugenie bald heiraten werde und dann ist sie meine Frau und deine Mutter.“

Das Kind bekam große Augen. „Wirklich? Ich habe dann eine richtige Mutter?“, fragte sie atemlos.

Eugenie und Lion nickten beide.

„Darf ich dich dann Mum nennen?“ Die Kleine war total aufgeregt.

„Aber natürlich“, bestätigte Eugenie lachend.

„Oh, dass muss ich sofort Miss Everdeen erzählen.“ Sie gab Lion einen Kuss auf die Wange und rannte aus dem Zimmer.

„Es ist dir doch recht?“, fragte Lion nach.

„Aber natürlich. Dann kann ich mich schon mal daran gewöhnen, wenn wir bald …“ Sie hielt erschrocken inne.

Lion hatte ihren Fauxpas registriert und sah sie verwundert an. „Wenn wir bald was?“, fragte er zögerlich nach.

„Wenn, nun … in einigen Monaten, wenn wir dann unser zweites Kind bekommen“, sagte sie mutig und wagte es trotzdem nicht, ihm in die Augen zu blicken.

„Eugenie, sieh mich an. Ist das wahr? Du bist guter Hoffnung?“ Er nahm ihre Hände in seine.

Sie biss sich auf die Unterlippe und sah ihm zögerlich in

die Augen. Dann nickte sie. „Ja, es ist wahr. Ich bekomme dein Kind und ich bin mir sicher, dass es ein Junge wird. Frage nicht, woher ich das wissen will, denn so etwas kann man vorher nicht erkennen, aber ich bin mir absolut sicher. Es wird ein zukünftiger Marquis werden."

Ein breites Lächeln zeigte sich auf Talbots Gesicht. „Du machst mich zu einem sehr glücklichen Mann." Er zog sie zu sich, an seine Lippen und drückte einen langen Kuss darauf. „Einen wirklich sehr glücklichen Mann."

„Und weißt du, was mich sehr glücklich machen würde? Wenn du recht schnell gesund wirst, und wir endlich heiraten können. Nicht, dass das Kind noch unehelich geboren wird." Eugenie sah ihn belustigt an und hob eine Augenbraue.

„Das wird nicht geschehen, ich habe eher bedenken, dass es sich dein Bruder vielleicht noch anders überlegt, jetzt wo er erkannt hat, dass ich nicht ganz schusssicher bin."

Eugenie lachte hell auf. „Das, mein lieber Marquis, wird ebenfalls niemals geschehen."

KAPITEL 16

April 1851
Locke Park Down
In der Nähe von Barnsley

Das Schaukeln der Kutsche schien kein Ende zu nehmen. Celeste kam es so vor, als wären sie bereits eine Woche auf Reisen. Die vielen Eindrücke, die sie unterwegs wahrgenommen hatte, sei es nur Vegetation gewesen, Wälder, Wiesen und Feldwege, vorbei an Kirchtürmen, die aus der Ferne in die Höhe ragten, oder einfach eine Blumenwiese, beeindruckten sie sehr. Das alles musste sie erst einmal verarbeiten. Diese Fahrt in den Norden war anders als die Fahrten von ihrem Landsitz Watford Hall bis nach London.

„Und du bist sicher, dass der Kutscher sich nicht verfahren hat? Müssten wir nicht schon längst angekommen sein?“ Sie lehnte sich mürrisch zurück, nachdem sie gerade aus dem Fenster geschaut hatte.

Driscoll lachte. „Nein, er hat sich nicht verfahren, wir sind auf dem richtigen Weg."

„Findest du nicht, dass das Grün hier im Norden viel grüner ist?", murmelte Celeste und schien nicht wirklich eine Antwort zu erwarten, denn sie redete ohne Punkt und Komma weiter. „Und hier riecht es viel intensiver."

„Wonach riecht es denn?", wollte Driscoll wissen.

„Nach … Grün."

„Grün ist eine Farbe, die riecht nicht", gab er zum Besten.

„Doch natürlich", widersprach seine Frau. „Grün riecht frisch, nach Klee und Rasen, auf dem gerade ein Regenschauer niedergegangen ist." Sie lächelte ihn an. „So wie Blau nach Meer und einer frischen Brise duftet."

Driscoll lächelte. „Ich gebe auf. Sich mit dir zu duellieren, und sei es nur mit Worten, dem bin ich nicht gewachsen." Er ergriff ihre Hand und führte sie an seine Lippen. Die Duchess lächelte ihn liebevoll an. „Schau, wir sind da." Er deutete aus dem Fenster.

NICHT GERADE HOHEITSVOLL STIEG CELESTE MIT vor Staunen geöffnetem Mund aus der Kutsche aus. „Mein Gott, ist das schön!", rief sie begeistert. „Warum hast du mir nicht erzählt, dass du solch einen schönen Besitz hast?" Ohne eine Antwort abzuwarten, lief sie die Stufen hinauf und schloss Mary in die Arme. „Meine Liebe, wie schön dich hier zu treffen. Du siehst sehr gut und erholt aus."

„Celeste! Was für eine Freude. Ich habe nicht mit euch gerechnet. Euer Gnaden." Sie knickste vor Driscoll und wagte ihm kaum in die Augen zu blicken. Mary schämte sich. Nicht nur weil er gezwungen war, ihr das Haus zu überlassen, auch wegen des Umstands, in dem sie sich befand, mittlerweile unübersehbar.

„Mary, bitte. Wir waren doch schon beim Vornamen und wollen es auch so belassen“, sagte er gütig.

„Sehr gern. Ich kann gar nicht sagen, wie dankbar ich bin, für das, was ihr für mich tut. Auch wenn ich auf meine Familie hoffen kann, bin ich froh, dass ich sie aus einem Skandal heraushalten kann.“ Ihre Miene verdunkelte sich.

„Du musst daran glauben, dass alles wieder gut wird“, versuchte Celeste ihr Mut zu machen.

„Natürlich“, sagte Mary leise. „Aber kommt doch rein, was stehen wir hier vor der Tür herum.“ Sie lachte verlegen, denn es war ja nicht ihr Haus und dennoch bat sie die Besitzer herein.

Driscoll begrüßte die Bediensteten und stellte seine Frau, die Duchess of Leeds, vor. Celeste widmete allen ein freundliches Wort und zog sich dann kurz zurück, um sich frisch zu machen.

Am Nachmittag nahmen die Frauen gemeinsam den Tee ein, während der Herzog in seinem Arbeitszimmer Geschäften nachging und die Haushaltsbücher überprüfte.

„Jetzt erzähl mir, wie es dir wirklich geht“, forderte Celeste sie auf und nahm die Porzellantasse, dekoriert mit kleinen Streublümchen, auf.

„Wie geht es dem Marquis of Egerton? Ist er wohl auf?“, fragte Mary ängstlich. Dies lag ihr auf der Seele und sie hatte diese Frage mit Absicht herausgeschoben.

„Lion ist wieder erwacht. Es geht ihm den Umständen entsprechend gut. In drei Wochen werden Eugenie und Talbot endlich heiraten. Es wird auch Zeit, bevor man etwas sieht.“ Celeste sah sie bedeutungsvoll an.

„Heißt das etwa …“, überlegte Mary laut und Celeste nickte lächelnd.

„Ja, Eugenie ist in freudiger Erwartung und unter

normalen Umständen, wäre sie jetzt schon verheiratet. Das Kind wird also sieben Monate nach der Trauung zur Welt kommen, wir werden es als Frühgeburt verkaufen müssen, dennoch wird es Gerede geben.“

„Mehr als jetzt schon getuschelt wird, nehme ich mal an. Und ich bin an all diesen Dingen schuld.“ Marys Augen füllten sich mit Tränen.

„Das Eugenie schwanger wurde? Ganz bestimmt nicht. Dazu gehören nur ein Mann und eine Frau.“

„Celeste, du weißt ganz genau, was ich meine. Wenn ich nicht mit Grayson … Ich nicht Audley geheiratet hätte, dann wäre das alles nicht geschehen.“ Sie sah Celeste verzweifelt an.

„Mary, es ist, wie es ist, aber nicht mehr zu ändern. Warum hast du Audley überhaupt geheiratet?“ Wie immer sah Celeste das recht pragmatisch.

„Ich wollte Grayson damit treffen, so wie er mich getroffen hat mit der Frage, ob er überhaupt der Vater meines Kindes ist. Audley hat mir den Hof gemacht, ich war von Grayson zutiefst verletzt und enttäuscht. Es hat mir gefallen und ich fühlte mich gewollt und nicht abgeschoben. Ich war blind, bin auf sein Werben reingefallen und habe seinen wahren Charakter nicht weiter beachtet. Dabei war es so offensichtlich. Er wollte sich nur an Grayson rächen, weil er nicht um deine Hand anhalten durfte.“ Sie schniefte und bekam prompt einen Schluckauf.

„Ach meine Liebe, dann wäre auch ich schuld, weil ich Grayson darum bat, Audley eine Absage zu erteilen. Das ist das Leben, es ist eine Abfolge von aufeinanderfolgenden Verkettungen von Ereignissen. Man nennt es auch Leben.“ Celeste berührte ihre Hand, drückte sie fest. „Wir müssen aus den Gegebenheiten das Beste machen. Du bist nun eine

Witwe, die angemessen um ihren Mann trauern wird und danach ein neues Leben beginnt. Alles wird gut werden, Mary." Sie stellte die Tasse auf der Untertasse ab.

„Ich bin völlig mittellos, selbst wenn ich einen Jungen bekomme, wird er nichts als Schulden erben. Ich traue mich meiner Familie nicht einmal mehr unter die Augen. Nichts wird wieder gut werden, dafür ist viel zu viel passiert", flüsterte Mary und blickte zu Boden.

„Ich glaube nicht, dass Grayson..."

„Ich habe Grayson weggeschickt und ihn damit vor den Kopf gestoßen, nach allem, was er für mich getan hat. Ich denke nicht, dass dein Bruder auch nur noch einen Gedanken an mich verschwendet. Ich habe ihn zutiefst brüskiert."

„Warum hast du das getan? Du bist die Gutmütigkeit in Person. Das passt doch gar nicht zu dir."

Mary biss sich auf die Unterlippe. Sie wusste nicht, ob Celeste sie verstehen würde. „Ich will, dass er frei ist. Ich habe schon zu viel Unglück in sein Leben gebracht. Es würde einen riesigen Skandal geben, wenn bekannt wird, dass er der Vater meines Kindes ist oder er mich zur Frau nehmen würde. Nein, es reicht, dass mein Leben ruiniert ist. Ich will nicht auch noch das von Grayson kaputt machen." Sie sah ihre Freundin entschlossen an. Mary hatte lange Zeit gehabt, darüber nachzudenken, sich ihre nächsten Schritte zu überlegen. „Ich werde mir, nachdem das Kind auf der Welt ist, eine Anstellung als Gouvernante suchen. Ich liebe Kinder und denke, dass das zu mir passen wird. Es ist nicht das Leben, von dem ich geträumt habe, aber unter den gegebenen Umständen der richtige Weg. Vermutlich der einzige Weg. Ich will meine Familie nicht kompromittieren und werde meinen eigenen Weg gehen."

„Du bist eine sehr mutige Frau, Mary. Ich wäre es nicht", gab Celeste zu.

„Das Leben zwingt mich dazu.“ Mary richtete ihren Blick Richtung Fenster und seufzte tief.

KAPITEL 17

Ende April 1851
Croyden Manor/zwischen London
Und Saint Albans

Eugenie war froh, als sie die Silhouette von Croyden Manor erblickte. Sie war mit Georgina und Valentine schon einen Tag vor der Hochzeit auf das Landgut gefahren, um dort Celeste zu treffen. Diese war bereits seit einigen Tagen aus Locke Park Down mit Driscoll zurückgekehrt.

Lion würde am nächsten Tag mit Grayson und Rosalie zur Hochzeit anreisen und Eugenie war sehr aufgeregt, ob auch diesmal alles klappen würde und nicht wieder ein Unglück geschah.

Sie trafen am Nachmittag ein und Celeste nahm sie in Empfang.

„Oh Schwester, ich bin ja so froh, dass du da bist. Ich komme um vor Sorge, dass noch etwas schief gehen könnte.“

Sie blickte auf die Masse an Personal, das dafür sorgte, dass der Ballsaal festlich geschmückt wurde. Im Garten hinter der Terrasse war ein großer Pavillon aufgebaut worden, falls das Wetter sich änderte und es zu regnen begann. Diesmal sollte alles perfekt sein.

„Es wird sich um alles gekümmert, meine liebe Schwester. Du kannst dich ganz darauf konzentrieren die schönste Braut zu sein, die Croyden Manor jemals gesehen hat“, sagte Celeste gut gelaunt.

„Das warst du, meine Liebe. Eugenie, bitte entschuldige, aber ich bin parteiisch.“ Driscoll trat neben seine Frau und küsste sie stürmisch, dass sich ihre Wangen mit Röte überzogen.

„Ich werde dafür sorgen, dass man euer Gepäck auf die Zimmer bringt“, erklärte Driscoll an Valentine und Georgina gewandt und machte sich auf den Weg.

„Kommt, lasst uns einen Tee im Salon einnehmen.“ Celeste lächelte ihre Schwestern gewinnend an und sie folgten ihr wie eine Schar Küken der Entenmutter.

„Wie war es im Norden?“, fragte Georgina aufgeregt, als sie sich im Salon auf die Sofas verteilten und sich am Gebäck und dem Tee bedienten.

„Es war wundervoll. Du hast keine Vorstellung, wie schön es dort oben ist. Das Grün ist viel grüner, als ich gedacht habe“, begann Celeste zu erzählen. „Und Locke Park Down ist viel größer als ich vermutet habe. Es hat eine Menge Zimmer, wir alle sollten dort einige Wochen im Sommer verbringen. Es gibt so viel zu sehen und wir haben so viel Platz, dass wir noch Freunde einladen können.“

„Oh, das wäre ja schön. Endlich mal etwas von der Welt sehen“, rief Valentine begeistert.

„Du hörst dich an, als würden wir in fremde Länder reisen“, meinte Georgina trocken.

„Na ja, der Norden ist auch schon etwas anderes“, gab Celeste nachdenklich zu.

„Hat es dir dort wirklich gefallen“, hakte Eugenie nach, weil ihr die Stimmung ihrer Schwester merkwürdig vorkam.

„Ja, das hat es. Wir haben dort ja Mary besucht“, rückte Celeste langsam mit der Nachricht raus.

„Und wie geht es ihr?“, fragte Eugenie leise.

Celeste zögerte mit der Antwort.

„Wir alle wissen, was geschehen ist“, beruhigte sie Georgina. „Du kannst also ganz offen sprechen.“

„Nun gut“, nickte Celeste, „Mary geht es nicht gut. Sie will stark sein, aber dass Grayson nicht um ihre Hand angehalten hat, hat sie tief getroffen. Sie will als Gouvernante arbeiten, sobald das Kind auf der Welt ist.“

„Was? Aber was ist mit ihrer Familie?“, räumte Georgina ein.

„Sie will nicht, dass ihre Familie dem Spott und Tratsch ausgesetzt wird und hält sich von ihnen fern. So wie es aussieht, ist sie mittellos und wird für ihren Unterhalt selbst aufkommen müssen, wenn nicht …“ Celeste beendete den Satz nicht.

„Wenn Grayson sich nicht als Ehrenmann erweist und um ihre Hand anhält, nachdem die Trauerzeit vorüber ist“, beendete Valentine den Satz. „Oh mein Gott, das sollte uns allen eine Lehre sein und dass wir uns auf nichts einlassen, solange wir nicht verheiratet sind“, murmelte sie warnend.

Verlegen blickten Celeste und Eugenie zu Boden.

„Was ist mit euch?“ Georgina schien zu spüren, dass etwas in der Luft lag. „Habt ihr etwa vorher, bevor ihr verheiratet wart, bei einem Mann gelegen?“, platzte Valentine heraus und schlug sich die Hand vor den Mund, weil sie so laut gesprochen hatte.

Celestes Wangen fluteten sich rot und Eugenie fasste sich

ein Herz. „Ich bin schwanger“, sagte sie leise. „Es ist natürlich Lions Kind, doch wenn wir nicht bald heiraten, wird es zu früh geboren und für einen echten Skandal sorgen.“

„Eugenie!“, rief Georgina und schüttelte den Kopf, dann lachte sie. „Oh mein Gott, ich werde Tante. Na, wenn das mal keine guten Neuigkeiten sind.“

„Und Edith wird einen Bruder oder eine Schwester bekommen. Sie wird sich freuen, wenn sie es erfährt“, kommentierte Valentine die Neuigkeit.

„Wir wollen es ihr erst sagen, wenn wir etwas länger verheiratet sind. Nicht, dass noch Gerüchte aufkommen.“ Eugenie verdrehte die Augen und sah Celestes traurigen Blick. „Was ist los, Celeste? Das bist du doch nicht selbst.“

Celeste atmete schwer. „Es ist nichts. Nur, ich freue mich so für dich und auch für Mary, dass ihr in freudiger Erwartung seid, während ich …“ Sie blickte ihre Schwestern ratlos an und ließ die Schultern hängen.

„Himmel Celeste, jetzt verstehe ich dich“, meinte Eugenie und ließ sich auf der rechten Seite neben ihrer Schwester nieder. „Liegt es daran, dass der Herzog dich nicht …“

„Nein, nein. Natürlich nicht. Es liegt nicht an Driscoll. Er ist ein wunderbarer Liebhaber und begehrt mich. Ich denke, es liegt an mir oder dem falschen Zeitpunkt. Ich weiß es nicht genau. Nur immer wenn ich hoffe, dass es endlich geklappt hat, werde ich wieder enttäuscht. Ich weiß, dass Driscoll sich einen Erben wünscht. Aber was, wenn ich ihm keinen schenken kann? Wird er sich dann von mir abwenden? Ich bin nicht mehr so jung wie ihr.“ Tränen traten ihr in die Augen.

„Aber was redest du denn da? Du hörst dich an, als wärst du eine alte Jungfer. Das ist vollkommener Blödsinn. Ich bin sicher, es wird nicht mehr lange dauern und dann wirst du auch in freudiger Erwartung sein.“ Georgina sah sie aufmunternd an. „Du darfst dich diesem Druck nicht aussetzen. Das ist nicht förderlich.“ Sie nahm die Hände ihrer Schwester und ließ sich vor ihr auf die Knie sinken. So saßen die Schwestern nah beieinander und trockneten dieses Mal die Tränen ihrer großen Schwester.

„Bald wird es hier nur so wimmeln vor schreienden Babys“, verkündete Valentine und lachte.

„Ja, und wir werden Mary zu uns holen und dafür sorgen, dass Grayson seine Pflicht erfüllt“, beteuerte Eugenie voller Hingabe und ihre Schwestern nickten zustimmend.

„Aber das kann er erst, wenn Rosalie verheiratet ist“, warf Valentine nachdenklich ein. „Und sie ist die Letzte im Bunde. Es wird also noch sehr lange dauern.“

„Wer sagt das? Im Testament steht, dass Grayson erst heiraten kann, wenn die letzte seiner Schwestern verheiratet ist. Nicht, dass alle Schwestern verheiratet sein müssen. Wenn ich mich richtig erinnere, war der genaue Wortlaut: dass der älteste Enkel spätestens ein Jahr nach der Hochzeit seiner jüngsten Schwester, ebenfalls den Bund der Ehe eingeht. Sollte das nicht der Fall sein, wird das gesamte Erbe an das Waisenhaus in Twickenham fallen. Also muss Grayson spätestens ein Jahr nach Rosalie heiraten. Das Erbe wird erst ausgezahlt, wenn alle verheiratet sind, aber heiraten darf er nach Rosalies Hochzeit.“ Celeste sah ihre Schwestern abwechselnd an.

„Du warst schon immer die Intelligenteste von uns“, stellte Georgina fest. „Jetzt müssen wir nur dafür sorgen, dass Rosalie alsbald heiratet, bevor Marys Kind auf die Welt kommt, damit Grayson sie vorher heiraten kann, und somit wird er als rechtmäßiger Vater eingetragen.“

Die Frauen blickten sich verschwörerisch an. „Rosalie unter die Haube zu bekommen, dürfte wohl das kleinste Problem sein. Grayson hingegen dazuzubekommen, dass er

Mary heiratet, ist schon eine andere Sache“, warf Eugenie ein.

„Gegen so eine Übermacht von Brisbin-Frauen wird er sich wohl geschlagen geben müssen“, erklärte Georgina und lächelte zuversichtlich.

„Die Frage bleibt nur, wie bekommen wir Mary hierher? Denn wenn sie weiterhin im Norden bleibt, wird aus den beiden niemals ein Paar.“ Valentine schien nicht ganz so zuversichtlich.

Eugenie winkte ab. „Das lasst mal meine Sorge sein. Immerhin brauche ich bald eine Gouvernante, mit zwei Kindern werde ich vollkommen überfordert sein.“ Sie lächelte verschwörerisch.

„Oder, wir gehen alle gemeinsam in den Norden und verbringen dort unsere Ferien“, schlug Celeste lächelnd vor.

KAPITEL 18

Ende April 1851
Croyden Manor/zwischen London
und Saint Albans

Sie erkannte sich kaum wieder. Ein Blick in den Spiegel zeigte Eugenie, dass sie noch nie so schön ausgesehen hatte. Sie war eine wunderschöne Braut. Ihr Haar trug sie offen über die Schultern, weil sie wusste, dass Lion es so an ihr liebte. Jede andere Braut hätte es hochgesteckt, doch Eugenie trug es glatt über die Schultern. Ihr Brautkleid aus Tüll in einem zarten Altrosaton war wie für sie gemacht und schmeichelte ihrem Teint. Es hatte eine lange Schleppe und ihre Schwestern halfen ihr die Treppe hinunter.

Grayson war der Mann, der sie zum Altar in der kleinen Kapelle führte und an Lion übergab.

Edith stand mit einem weißen Kleid neben ihr und hatte den gleichen Blumenstrauß wie Eugenie in der Hand, nur in einer kleineren Ausführung.

Die eigentliche Zeremonie dauerte kaum mehr als eine halbe Stunde und als Lion ihr den Ehering an den Finger stecke, ein goldener Ring, graviert mit seinen Initialen, den er selbst auch immer trug, war Eugenie zu Tränen gerührt. Er küsste sie züchtig auf die Lippen, doch der Blick, den er ihr schenkte, zeugte von so viel mehr.

„Ich habe schon nicht mehr dran geglaubt, dass ich noch deine Frau werde“, raunte sie ihm zu.

Er lächelte. „Dafür habe ich für uns beide daran geglaubt. Ich habe es kaum erwarten können.“ Er blickte kurz auf ihren Bauch, dann zog er ihre Hände an seine Lippen und drückte schnell einen Kuss darauf. Sie spürte seine warmen Lippen, durch die feine Spitze der Handschuhe.

„Juhu! Ich habe jetzt eine richtige Mum“, rief Edith laut und warf ihren Strauß in die Luft.

„Ja, dann brauche ich mich ja nicht mehr von meinem zu trennen.“ Eugenie lachte und zog das Mädchen in ihre Arme. „Du bist ab sofort mein Mädchen.“ Edith legte ihre kurzen Arme um ihren Nacken und zog Eugenie fest an sich. „Ich hab dich lieb, Mummy“, sagte sie und drückte ihr einen Kuss auf die Wange.

Eugenie blickte überrascht auf, als Grayson und Driscoll auf sie zutraten.

„Wir dürfen als Erste gratulieren?“, fragte Grayson und reichte Lion die Hand, schlug ihm auf die Schulter, seine Schwester küsste er auf die Wange. Auch Driscoll gratulierte und sah Grayson aufmunternd an.

„Wir haben hier ein kleines Hochzeitsgeschenk für euch. Eigentlich sind es sogar zwei“, erklärte Grayson. „In Anbetracht dessen, dass ihr nun eine wachsende Familie seid, wird das kleine Haus auf Watford Hall ein wenig zu eng sein. Auf Croyden Manor gibt es einen abgelegenen Flügel, den wir seit langer Zeit nicht mehr genutzt haben. Er hat einen eigenen Eingang auf der Westseite und ich habe veranlasst, dass die Räumlichkeiten für euch hergerichtet werden, wenn ihr euch dazu entschließt, hier auf Croyden Manor zu leben."

„Du sprichst von dem Flügel, den Granny früher bewohnt hat?", fragte Eugenie aufgeregt.

Grayson nickte. „Ja, als sie noch jünger war und nicht bei uns im Haus lebte. Es ist quasi ein eigenes Haus."

„Es wäre uns eine Ehre, hier leben zu dürfen", erklärte Lion, nachdem er das glückliche Gesicht seiner Ehefrau gesehen hatte.

„Dann wäre das schon mal geklärt. Aber ich habe hier noch etwas für Talbot, meinen neuen Schwager", sagte Grayson.

„Unseren neuen Schwager", verbesserte ihn Driscoll lachend.

„Natürlich, entschuldige Driscoll, unseren neuen Schwager." Er hielt Lion ein Schriftstück entgegen.

„Was ist das?", fragte der Bräutigam verwirrt.

„Das ist die Besitzurkunde, die dich zum Mitinhaber des Brisbin-Spencer Gestüts macht. Driscoll und ich haben jeweils einen Anteil an dich abgetreten, sodass wir alle zu je einem Drittel daran beteiligt sind. Ich denke, wir werden den Namen noch einmal überdenken müssen." Er grinste, was ein seltenes Schauspiel war.

Talbot sah die Männer sprachlos an.

„Das heißt, Lion wird nicht euer Angestellter sein?", brachte Eugenie es auf den Punkt.

„Nein, ein Marquis of Egerton sollte nicht angestellt sein", erklärte Grayson.

„Besonders nicht, wenn er unser Schwager ist", gab Driscoll noch seinen Senf dazu.

„Oh mein Gott, ihr seid so wundervoll." Eugenie schloss die Männer in eine Umarmung.

„Ich bin euch zu Dank verpflichtet“, brachte Lion hervor. Er war sichtlich gerührt.

„Ich freue mich, dich wieder mit an Bord zu haben, Lion“, erklärte Driscoll.

„Wir sollten jetzt mal lieber in den Ballsaal segeln, denn die Gäste warten gespannt auf das Brautpaar „„ war Celestes Stimme laut zu vernehmen, die die kleine Runde auflöste und das Brautpaar Richtung Haus drängte.

GEORGINA LIEß den Blick über die Köpfe der Gäste schweifen.

„Es sind unnatürlich viele Junggesellen anwesend, findest du nicht?“, fragte Rosalie.

Lächelnd nickte Georgina. „Ja, sie alle sind wohl neugierig, welche Brisbin-Lady als nächstes den Bund der Ehe eingeht.“

„Wer ist der Mann, der dort drüben an der Wand steht und uns so ungeniert anstarrt?“ Rosalie nickte zur anderen Seite des Saals und Georgina folgte ihrem Blick.

„Das ist der Viscount Cemden Davies.“

„Woher kennst du ihn?“ Rosalie schien verblüfft, dass ihre Schwester ihn kannte.

„Er hat geholfen, Lion ins Stadthaus zu schaffen, an dem Abend, als er angeschossen wurde. Ich bin ihm dort kurz begegnet.“

„Aha“, meinte Rosalie und blickte erneut zur anderen Seite. „Grayson spricht mit ihm. Komm mit, dann kann Grayson uns vorstellen.“ Sie zog Georgina an der Hand quer über die Tanzfläche.

„Grayson, würdest du uns bitte vorstellen?“, fragte Rosalie selbstbewusst und sah dabei den Viscount lächelnd an.

„Natürlich. Davies, das sind meine jüngste Schwester Rosalie Brisbin und meine Schwester Georgina Brisbin. Rosalie … Georgina, darf ich euch Viscount Cemden Davies vorstellen.“

Der Viscount verbeugte sich. „Myladys, es ist mir eine Ehre.“ Sein Blick blieb an Georgina hängen. „Lady Georgina bin ich bereits in ihrem Stadthaus begegnet, als ich half, den verletzten Marquis of Egerton in Sicherheit zu bringen.“

„Ah! Das wusste ich gar nicht“, erklärte Grayson und nickte wissend.

„Sie spielen eine Mazurka, wolltest du nicht unbedingt dazu tanzen?“, fragte Georgina ihre Schwester, doch ihr Blick ging zu Davies. Sie sah ihn auffordernd an.

„Wenn ich um diesen Tanz bitten darf, Lady Rosalie?“, fragte der Viscount, ganz Gentleman durch und durch.

„Oh, wie freundlich von Ihnen, Mylord.“ Rosalie ergriff seine dargebotene Hand und betrat zusammen mit ihm die Tanzfläche.

„Was für ein schönes Paar“, urteilte sie und hakte sich bei ihrem Bruder ein.

„Meine liebe Georgina. Ich höre aus deinem Ton, dass du dich als Ehestifterin betätigen willst. Hältst du das für eine gute Idee?“

Sie hob lächelnd die Schultern. „Ich wüsste nicht, was dagegenspricht. Je eher deine Schwestern heiraten, umso schneller bist du die Verantwortung los und kannst dich auf deine Braut konzentrieren.“

„Von welcher Braut sprichst du?“, fragte er brüsk.

„Von keiner bestimmten. Ich will es dir nur so einfach wie möglich machen. Ich meine, es ist bestimmt nicht einfach, fünf Schwestern unter die Haube zu bekommen.“

„Ich kann mich nicht beklagen. Bisher hat es doch ganz

gut geklappt, auch ohne meine Einmischung“, gab er zu bedenken und sah sich im Raum um.

„Wie wäre es, wenn du einmal mit Lady Jane Wellington tanzt? Sie ist die Tochter von Lord Hatfield“, schlug sie vor und schob ihren Bruder in die Richtung, in der Lady Wellington stand.

„Dem Baron of Hatfield?“ Grayson hob eine Augenbraue.

„Ich weiß, er steht weit unter dir, aber seine Tochter ist eine wirkliche Schönheit. Vielleicht ein wenig einfältig, aber wer will sich schon mit seiner Ehefrau unterhalten. Sie wird doch eher danach ausgesucht, ob sie für eine Menge Erben sorgen kann.“ Georgina grinste.

„Diese Art von Sarkasmus steht dir nicht, liebe Schwester. Aber ich werde deinen Rat befolgen und mit Lady Jane tanzen.“ Grayson verbeugte sich leicht und schritt davon.

„Verdammt“, murmelte Georgina. Das war eigentlich nicht ihre Absicht gewesen. Lady Jane war jung und sehr hübsch. Was würde geschehen, wenn Grayson sie wirklich als seine Braut in Betracht zog? Sie hatte erwartet, dass Grayson Mary ins Gespräch bringen würde, doch sie hatte auf das falsche Pferd gesetzt.

„Warum tanzt Grayson mit Jane Wellington?“, wollte Valentine wissen.

Georgina winkte ab. „Frag nicht. Mach dir keine Sorgen, ich weiß, dass Grayson ein gewisses Maß an Intelligenz an einer Frau schätzt. Das philosophieren über das Wetter oder die neuste Modefarbe der Saison gehört ganz gewiss nicht dazu.“ Sie hob belustigt eine Augenbraue. „Komm, ich habe Durst, lass uns ein Glas Punsch holen.“

„Mit wem tanzt Rosalie denn da?“, wollte Valentine wissen und verdrehte sich im Gehen den Hals. „Er sieht sehr gut aus.“

„Das ist Viscount Davies."

„Er ist wirklich gut aussehend", wiederholte Valentine.

Während sie an den Tisch traten, und jede sich ein Glas Punsch geben ließ, blickte Georgina zur Tanzfläche. Der Viscount war ein guter Tänzer und scheinbar auch ein ebenso guter Unterhalter, denn Rosalie nickte aufgeregt. Er konnte also unterhalten und den Takt halten, das war nicht jedem Mann vergönnt. Davies war groß, aber nicht zu dünn, sein dunkelblondes Haar lockte sich, doch es sah nicht albern aus, wie bei einigen seiner Zeitgenossen. Vielleicht lag es daran, dass er es kurz geschnitten trug. Die graublauen Augen waren auf Rosalie gerichtet und er sah sie an, als wäre sie die einzig wichtige Frau in diesem Raum. Na, das hatte Georgina ja bestens hinbekommen. Sie hörte schon leise die Hochzeitsglocken der kleinen Kapelle läuten und lächelte. Als sie wieder zur Tanzfläche blickte, sah sie, dass Davies sie direkt anblickte und er wohl dachte, sie würde ihn anlächeln. Abrupt wandte sie sich um und trank hastig einen Schluck Punsch. Was bildete sich dieser Mann nur ein?

LION SAH seiner Frau dabei zu, wie sie sich langsam aus dem Hochzeitskleid schälte. Er hatte ihr geholfen und die vielen Knöpfe und Schleifen an ihrem Rücken gelöst.

„Ist es nicht furchtbar nett von Celeste, dass sie Edith auf Croyden Manor behalten hat, damit wir diese Nacht für uns haben?", fragte Eugenie und lächelte ihn verführerisch an.

Lion lag bereits im Bett und wartete auf sie. Als Eugenie sich zu ihm legte, war er bereits erregt. Er zog sie in seine Arme und küsste sie begierig. „Nun bist du mein, ganz offiziell. Endlich", raunte er an ihren Lippen und Eugenie legte ihre Arme um seinen Hals, zog ihn fest an sich.

„Ich bin so glücklich, dass es mir Angst macht“, flüsterte Eugenie und verteilte kleine Küsse auf seine Mundwinkel.

„Angst? Nein, dafür besteht kein Anlass, mein Liebling.“ Er berührte die Linie ihres Brustansatzes und strich zart darüber, was ihr wundervolle Töne entlockte.

„Du bist so schön, Eugenie. Ich werde es nicht müde, dich immer wieder anzusehen.“

„Und du bist der schönste Mann, der mir jemals begegnet ist.“ Dann küsste sie ihn und drängte sich an seinen Körper. Seine Wärme ging auf sie über und als er sich über sie schob, stieß sie ein freudiges Glucksen aus.

Er liebte diese Töne, die er ihr immer wieder entlockte, und sie trieben ihn gleichzeitig an. Als er langsam in sie eindrang, wurden ihre Töne lauter. Sie schlang ihre Beine um seine Hüften, drängte sich fest an ihn, dass nichts mehr zwischen ihnen Platz fand.

„Gib mir mehr von dir“, flüsterte sie und sah ihm tief in die Augen.

„Ja, mein Liebling. Du bekommst alles, was du willst von mir.“ Er sah die Glut in ihrem Blick und wusste, dass er so viel mehr gefunden hatte, als nur eine Ehefrau. Sie war seine Geliebte, seine Verbündete, seine fehlende Hälfte. Sie machte ihn vollständig, wo er doch ein so unvollständiger Mann war. Nachdem er sie auf den Gipfel der Lust getragen hatte und sie ganz entspannt in seinen Armen lag, strich er sanft über ihren Rücken. „Es tut mir leid, dass ich dir keinen Hochzeitstanz bieten konnte“, sagte er leise und in seiner Stimme hörte er seine eigene Enttäuschung darüber.

„Es ist niemanden aufgefallen, zumindest scheint niemand darüber gesprochen zu haben. Ich finde, Tanzen wird ohnehin überbewertet, zumindest auf dem Parkett. Du hast mir einen Tanz geliefert, hier in diesem Bett, nur für mich allein“, erklärte sie träge mit einem Lächeln auf den Lippen.

Lion grinste breit. „Ich liebe deine Sicht auf die Welt.“

„Und ich liebe dich“, murmelte sie träge, konnte die Augen kaum noch offenhalten.

„Ich lieb dich auch, meine wunderschöne Marchioness.“ Dann küsste Lion sie, bis Eugenie die Augen zufielen und sie mit einem glücklichen Lächeln einschlief.

KAPITEL 19

Anfang Mai 1851
Hamilton Place, Mayfair,
London

Celeste dirigierte den Gärtner, der ihr half, im Garten neue Rosenbeete anzulegen. Mit stoischer Ruhe platzierte er immer wieder die Stöcke neu, so wie Celeste ihn anwies.

„Celeste! Du solltest dir eine Pause gönnen. Es ist heute viel zu warm, um im Garten zu arbeiten."

Sie sah ihre Schwestern Georgina und Valentine auf sich zukommen.

„Schön, dass ihr gekommen seid." Sie umarmte ihre Schwestern, drängte sie dann in den Schatten unter die große Ulme und nahm den breiten Sonnenhut ab.

„Warum willst du uns sprechen? Was gibt es denn so Dringendes?" Georgina griff nach einem Glas und schenkt sich einen Schluck Limonade ein.

„Ich habe die Gästeliste für unser Sommerfest zusammengestellt und Grayson hat mich gebeten, Lady Jane Wellington mit auf die Liste zu setzen“, platzte Celeste mit der Neuigkeit heraus.

„Was? Er will Jane mit nach Locke Park Down nehmen? Wo er doch weiß, dass Mary dort wohnt?“ Valentine schüttelte ungläubig den Kopf.

„Ja, und ich weiß jetzt nicht, was ich tun soll. Ich möchte ihm nur ungern diese Bitte abschlagen. Es wäre doch zu offensichtlich, wenn ich es nicht tue.“ Celeste lehnt sich müde auf dem Stuhl zurück. Die Gartenarbeit war anstrengender, als sie dachte. Vielleicht lag es auch nur an der Hitze, die für Mai ungewöhnlich war.

„Vielleicht sollten wir einen Junggesellen einladen, der ein Auge auf Jane geworfen hat. So hat Grayson einen Rivalen und vermutlich ist ihm das viel zu anstrengend. Aber wir sollten Mary auf jeden Fall vorwarnen. Nicht, dass die Arme sich falsche Hoffnungen macht.“

„Ich werde auf jeden Fall Viscount Davies einladen. Er hat auf eurer Hochzeit mit Rosalie getanzt, da könnte sich etwas anbahnen.“ Celeste lächelte ihre Schwestern vielsagend an.

„Wann werden wir losfahren?“, fragte Valentine und fächerte sich Luft zu. „Die Hitze hier in der Stadt ist kaum erträglich und dabei ist es erst Mai.“

„Driscoll sagte, dass wir in der nächsten Woche fahren und die Einladungen gelten für die Woche des 15. Mai.“

„Edith ist schon ganz aufgeregt, wir werden am 13. anreisen“, erzählte Eugenie und trank einen Schluck.

„Dann werde ich Grayson bitten, dass wir gemeinsam mit euch fahren. Immerhin dauert die Fahrt zwei Tage und die will ich nicht allein mit Grayson verbringen. Er ist seit einigen Tagen schlecht gelaunt“, berichtete Valentine, die sich nun auch an der Limonade zu schaffen machte.

„Na, du hast doch immer noch Rosalie.“ Celeste erhob sich. „Wir sollten vielleicht ins Haus gehen. Hier draußen ist es so warm, dass einem Übel wird.“

Georgina und Valentine warfen sich vielsagende Blicke zu.

„Und du bist sicher, dass diese Übelkeit nicht andere Gründe hat?“, fragte Georgina nach.

„Mir war in den ersten Wochen immer nur am Morgen übel, aber ich glaube, das kann man nicht verallgemeinern“, berichtete Eugenie, während sie sich erhoben, um in den Salon zu wechseln.

„Was ihr immer habt“, brummte Celeste.

Auf dem Weg durch das Haus lief ihnen Grayson über den Weg.

„Was macht ihr denn alle hier?“, fragte er statt einer Begrüßung.

„Ich habe meine Schwestern zum Essen eingeladen, das ist ja wohl nicht verboten“, gab Celeste schnippisch zurück.

„Natürlich ist das nicht verboten. Ich denke, es wird Zeit, dass du und Driscoll bald ein eigenes Stadthaus findet, was dir zusagt.“

„Willst du mich loswerden? Wenn das so ist, können mein Mann und ich noch heute ausziehen.“ Celeste stemmte die Hände in die Hüften und sah aus, als wollte sie Grayson direkt an Ort und Stelle zum Duell herausfordern.

„Was redest du denn da. Ich glaube, es ist heute zu heiß, um zu streiten“, beschloss Grayson und wandte ihr den Rücken zu.

„Du solltest deine schlechte Laune nicht auf die Hitze schieben, Euer Gnaden“, erwiderte Celeste voller Ironie.

Die Schwestern waren solch einen Ton von ihr nicht

gewohnt und als Grayson in sein Arbeitszimmer verschwand, nickte Eugenie. „Das sind eindeutig Stimmungsschwankungen. Ich denke, es ist wirklich an der Zeit, dass wir nach Locke Park Down kommen.“

„Und warum das?“ Celeste blickte von einem zum anderen, doch bevor sie eine Antwort bekam, wurde sie ganz grün im Gesicht und rannte die Treppe zu ihrem Schlafgemach hinauf.

„Ich denke, wir brauchen ganz schnell eine Gouvernante“, sagte Georgina verschwörerisch und begann laut zu lachen.

DANKSAGUNG

Ein historischer Roman ist für mich immer etwas Besonderes und ich bin überwältig, dass diese Reihe so viele Leser gefunden hat, dass er es über Wochen in die TOP 100 der Amazon-Charts geschafft hat. Aber einen Roman schreibt man nie ganz allein. Ich habe vielen Menschen zu danken, die mir geholfen haben, dieses Buch entstehen zu lassen:

- meine Lektorin Melanie, für das Korrigieren, die Stiländerungen und das Lesbarmachen
- meiner Korrekturleserin Ruth, danke für deine Hilfe und dass Du alles ins richtige Licht rückst
- den Testlesern, für eure hilfreichen Anmerkungen und Ideen
- den Lesern für ihre Treue
- meinen Kindern, für ihre Geduld und das Interesse, das sie immer wieder an meinen Büchern bekunden.

Ich hoffe, es hat euch gefallen und wir lesen uns bald wieder! Ich habe zum Abschied einige Tränen vergossen, weil mir die Figuren so ans Herz gewachsen sind. Vielleicht wird es eine weitere Reihe mit den Kindern von Croyden Manor gehen. Wer weiß?

Ihr wisst, wie wichtig Rückmeldungen für die Autoren sind. Daher bitte ich euch, um eine Rezension auf den diversen Plattformen. Helft mir, diese Geschichte vielen Menschen zugänglich und bekannt zu machen.

Eure

Kajsa Arnold

BÜCHER VON KAJSA ARNOLD

KAJSA ARNOLD
tresjoli
DAS GEHEIMNIS
DER ENGLISCHEN
Lady
FLAMES OF
SCOTLAND

Printed in Germany
by Amazon Distribution
GmbH, Leipzig

26629804R00094